GW00838523

MÚSICA
CERCANA

LITERATURA

ESPASA CALPE

ANTONIO BUERO VALLEJO

MÚSICA CERCANA

Introducción
David Johnston

COLECCIÓN AUSTRAL

ESPASA CALPE

Primera edición: 13 - III - 1990

© Antonio Buero Vallejo

© De esta edición: Espasa-Calpe, S. A.
—
Maqueta de cubierta: Enric Satué
—
Depósito legal: M. 7.601 — 1990

ISBN 84 — 239 — 1932 — 3

Impreso en España
Printed in Spain

Talleres gráficos de la Editorial Espasa-Calpe, S. A.
Carretera de Irún, km. 12,200. 28049 Madrid

ÍNDICE

INTRODUCCIÓN

El nombre de Antonio Buero Vallejo es un punto de referencia tan insoslayable en todo análisis del teatro español que resulta ya casi imposible hacer cualquier nuevo comentario generalizado sobre su obra. Por ello, para iniciar esta introducción quizá deberíamos recordar al lector aquellas realidades básicas que de puro sabidas casi se olvidan.

Referirse a *Historia de una escalera* como un hito en la cultura española de la posguerra es ya tópico de la crítica, al tratarse de una obra histórica que devolvió de un golpe la seriedad a un teatro que padecía los equiparables males del conformismo y la mediocridad. Aquella noche del 14 de octubre de 1949, en el Teatro Español de Madrid, una nueva voz, clara, independiente y crítica, rompió el silencio que, con pocas excepciones, había reinado sobre los escenarios del país desde que Lorca hizo que Bernarda Alba profiriese su simbólico grito de «¡Silencio!» trece años antes. La influencia específica que habrá ejercido Buero en la obra de sucesivos escritores es probablemente incalculable, pero de mayor importancia aún fue la ejemplaridad de su independencia artística. El público español se encontraba así con un dramaturgo

totalmente comprometido para con el teatro, un hombre
que entregaba toda su integridad a la profesión que había
escogido o, quizá mejor dicho, que le había escogido a
él. Precisamente por haber vuelto a tomarse en serio las
posibilidades del teatro, Buero devolvió también importancia al espectador, iluminando constantemente su oscuro vivir, pero también desafiándole artística e inte-
lectualmente. Por ello ayudó a allanar el camino para
que otros dramaturgos serios pudiesen igualmente ser
oídos. Sencillamente, hizo que el teatro volviese a ser
importante en la España de la posguerra.

El teatro que ha creado Buero en los cuarenta largos
años entre *Historia de una escalera* y su obra más reciente
hasta la fecha, MÚSICA CERCANA, que se publica aquí
por primera vez, ha sido un viaje de descubrimiento,
tanto para el dramaturgo como para su público. Esta
trayectoria empezó, tal vez inevitablemente dadas las
circunstancias históricas, con una hábil explotación del
realismo, la más importante desde hacía muchos años.
Ha habido siempre, de hecho, una tendencia que podríamos llamar «naturalista» a lo largo de toda su obra.
Es una tendencia que hay que entender a la manera ib-
seniana, tal y como la define Raymond Williams en su
ya clásico libro *Drama de Ibsen a Brecht,* «la pasión de
la verdad plasmada en una situación real y no en un
teatro artificial» [1]. Sin embargo, no es menos cierto que
Buero Vallejo también ha ensanchado las fronteras de
su medio escogido, no solamente en cuanto a los temas
y los personajes que ha dramatizado, sino también en lo
que concierne a las técnicas que emplea.

El suyo es un teatro de un considerable alcance inte-

---

[1] Raymond Williams, *Drama fron Ibsen to Brecht,* Pelican, Lon-
dres, 1976. Véase especialmente el primer capítulo, sobre la tragedia realista de Ibsen.

lectual, profundamente arraigado en las tradiciones cul-
turales de España, en particular, y de Europa, en
general. Buero siempre ha hablado libremente, y con
una notable generosidad, de sus influencias (uno recuerda aquí la convicción de T. S. Eliot de que sólo el
escritor meramente derivativo intentará establecer y subrayar aquellas diferencias nimias que, según él, constituyen su originalidad). Hablando en términos muy ge-
nerales, España le ha hecho poner gran énfasis en la
experiencia de la soledad, en la figura solitaria, inevitablemente quijotesca, que se enfrenta a una sociedad con-
cebida y ejecutada en la oscuridad. De Europa ha
heredado más que nada la complejidad filosófica y psi-
cológica de su teatro, y, sobre todo de los dramaturgos
griegos, los ingredientes fundamentales de la tragedia,
así como la conciencia de que el acto de escribir y de
presenciar la tragedia es el mayor logro de la civilización
humana, quizá uno de sus últimos baluartes contra el
barbarismo. La visión que subyace a todo el teatro de
Buero es la trágica, tal vez la única forma dramática en
la cual lo significativo y lo bello pueden coincidir.

UN TEATRO PARA LAS EMOCIONES

Por todo esto, la principal puerta de acceso al teatro
de Buero Vallejo son las emociones. En un importante ensayo sobre la tragedia, escrito en 1958, el dramaturgo ya había dicho que «en este fascinador juego
de lo trágico, si jugamos con pasiones obtendremos
pasiones», y MÚSICA CERCANA en particular nos proporciona un ejemplo muy vívido de cómo Buero dirige
y manipula las emociones del espectador, llevándole
no sólo hacia las respuestas tradicionales de piedad y

miedo, sino también hacia la de ira [2]. Como ha expli-
cado a lo largo de los años un verdadero ejército de
críticos, todo su quehacer literario está imbuido de la
capacidad del teatro no sólo para conmover al espectador, sino también para dramatizar y sacar a la luz
los aspectos más íntimos, aparentemente más escon-
didos, de la vida individual [3]. De esta forma la obra
de Buero Vallejo ha emprendido la tarea más importante del teatro (o, por lo menos, la tarea *factible* más
importante), bien sea de un teatro escrito en tiempos
del conformismo impuesto por el totalitarismo o de un
teatro que confronte el cinismo inherente al funcio-
namiento de la política de consumo. Es la defensa de
la experiencia subjetiva, devolver al individuo el derecho de sentir frente a la negación o la trivialización
de la validez de la experiencia individual. Tal vez sea
cierto que se puede engañar a la mente humana con
más facilidad que al corazón, y el teatro de Buero
siempre ha tendido a demostrar que nuestras emociones, ya despiertas, nos llevan más rápida y acertada-
mente hacia la verdad. Como sostenía el filósofo fran-
cés Gabriel Marcel, «la emoción es el descubrimiento

---

[2]   Antonio Buero Vallejo, «La tragedia», en *El teatro. Enciclo-
pedia del arte escénico,* ed. Guillermo Díaz-Plaja, Noguer, Barcelona, 1958, págs. 63-87. La furia de algunos personajes de MÚSICA
CERCANA (notablemente Lorenza y René) ante la tragedia que pre-
sencian, demuestra la importancia que Buero, a diferencia del propio Aristóteles, confiere a la ira como un elemento más dentro de
una reacción catártica válida.

[3]   Los así llamados «efectos de inmersión» (la frase es de Ricardo
Doménech), mediante los cuales Buero sumerge al espectador dentro de la experiencia de su personaje, constituyen una de las apor-
taciones más importantes y más innovadoras de su teatro. Véase
especialmente Víctor Dixon, «The "immersion-effect" in the plays
of Antonio Buero Vallejo», reimpreso en *Estudios sobre Buero Vallejo,* ed. Mariano de Paco (Murcia, 1984), así como «Los efectos
de inmersión en el teatro de Antonio Buero Vallejo; una puesta al
día», del mismo autor, en *Anthropos,* núm. 79, 1987, págs. 31-36.

de que "esto me concierne a mí, después de todo"». De modo que el teatro de Buero en general, y MÚSICA CERCANA en particular, es un teatro que resalta la importancia de las emociones sin caer en un intimismo cerrado o esotérico.

Es posible percibir que la fuerza emocional del teatro de Buero se debe a dos factores interrelacionados. Por una parte, si bien sus personajes así como su lenguaje teatral tienden a ser una función del sentido global de la obra en cuestión, de la acción propiamente dicha (ésta sí es una herencia de la tradición teatral española, a diferencia de la lengua inglesa que se inclina hacia la elaboración de personajes quizá algo más idiosincráticos), Buero Vallejo es fundamentalmente un dramaturgo poético. De la misma manera que Eugene O'Neill, Buero Vallejo siente profundamente lo que escribe, rebuscando dentro de su propia experiencia para poder infundir pasión a sus obras (es posible que esto explique en parte por qué se ha descrito a sí mismo en algunas ocasiones como un escritor que lo pasa mal escribiendo, aunque le gusta haber escrito). Las emociones que Buero comunica a su público son el producto de su propio dolor, sus propias frustraciones y, desde luego, sus propias esperanzas. No es siempre fácil cuantificar este compromiso personal del autor para con sus obras, pero a veces se puede ver claramente cómo ciertos incidentes específicos de la biografía del autor se transmutan dentro de la sustancia dramática de la obra.

En este sentido, podemos afirmar que MÚSICA CERCANA es una obra profundamente personal. Es una visión de la España de nuestros días, de la todavía llamada «nueva» España, filtrada a través de los ojos de uno de los testigos más rigurosos, más comprometidos y, culturalmente, más importantes de los últimos cuarenta años. Dentro de la obra hay un momento en particular, el de la angustiosa llamada telefónica de madrugada, en el cual queda la impresión muy fuerte, comunicada al público de la forma más sobrecogedora, de que la escena refleja una experiencia personal muy intensa. La escena funciona muy bien precisamente por la fuerza emotiva que subyace a su creación —pero no deberíamos dejar que una evaluación crítica aparentemente fría oculte la realidad humana y teatral de una genuina respuesta emocional por parte de un sinfín de espectadores y lectores.

Por otra parte, hay que señalar que los temas que Buero escoge dramatizar, o que su experiencia le lleva a tratar, son los que tocan directamente al corazón humano. También es cierto que su teatro se encuentra imbuido de un marcado sentido histórico, el fruto del análisis de la parcela de historia nacional que como español le ha tocado vivir. Incluso las obras más enraizadas en nuestros días, como MÚSICA CERCANA, se nutren de un profundo sentido dialéctico del presente momento histórico. Pero el núcleo de su teatro se centra en el punto de intersección entre la existencia histórica del individuo y lo que Marcuse llamaba las «constantes transhistóricas de la vida humana», los deseos, miedos y aspiraciones comunes a todo ser humano en cualquier momento. El hecho de que Buero enfoque el juego de las grandes emociones humanas contra un detallado trasfondo sociohistórico, además de su capacidad de iluminar el último sentido de las respuestas más fundamentales del espectador hacia la vida, su fe y su duda, produce un teatro que se dirige primariamente a las emociones del público sin abandonar por ello la razón ni el análisis. *En términos ge-*

nerales, MÚSICA CERCANA cuadra con esta ortodoxia bueriana. Por un lado es una denuncia de ciertas circunstancias sociales muy concretas, y por otro refleja la soledad, la sensación de pérdida, incluso la rabia, que son inevitables en toda vida humana. Además, posiblemente de manera más intensa que cualquier otra obra de Buero Vallejo, presenta ésta el terrible acercamiento de nuestros horizontes mientras la vida nos arroja por ese túnel oscuro que llamamos el tiempo.

EL DRAMATURGO Y SU PÚBLICO

Eugene O'Neill dijo una vez que «la verdad se esconde muy adentro. Por eso la sientes a través de las emociones». Esto explica por qué el teatro de Buero habla para las emociones del espectador y por qué, efectivamente, «Brecht no tiene razón» [4]. Toda obra de teatro intenta plasmar una visión de la vida en el escenario, y una gran parte de la fuerza emocional que contienen las obras como MÚSICA CERCANA se debe al hecho de que la verdad de la vida, tal y como la percibe y la siente Buero Vallejo, es una verdad trágica. Leer —o mejor, ver— una obra de este autor es tener la impresión de estar en presencia de un hombre profundamente preocupado por entender, al menos parcialmente, toda la difícil tarea de ser humano (la libertad) en un mundo inhumano (la necesidad). Pero para Buero, como demuestran todas sus obras, lo trágico no es una realidad permanentemente fija, a diferencia de la famosa esfinge de Unamuno. Más

---

[4] Antonio Buero Vallejo, «A propósito de Brecht», en *Ínsula,* núms. 200-201, 1963, págs. 1 y 14.

bien es un tipo (mejor dicho, una calidad) de experiencia humana que surge cuando el individuo ha de afrontar las distintas y cambiantes convenciones e instituciones (o «fundaciones», por usar una metáfora conocida del teatro bueriano) que conforman su vida.

De esta forma el teatro de Buero Vallejo viene a ser también un teatro muy español y —hay que reconocerlo— muy político. En sus indagaciones de lo que constituye la experiencia española, se puede contar a Buero Vallejo entre escritores como Larra y Machado. Y como ellos su obra evita caer en el panfletismo. O sea, Buero puede ser un escritor político —y, de hecho, MÚSICA CERCANA es una obra de gran trasfondo político—, pero no un escritor meramente ideológico. Su teatro no exige más ideología. En una de las frases más significativas que ha usado para referirse a su propia obra, describe su intento teatral como el de proveer «gafas para cegatos que quisieran ver» [5]. De esa forma ha logrado crear un teatro para que los que quieran vivir, buscando una verdadera libertad, puedan encontrar obras que intensifiquen su consciencia de lo que significa la vida en nuestros días.

Todo esto forma otro eslabón en la especial cadena de comunicación que Buero Vallejo ha forjado con su público. El teatro es, o puede ser, una de las formas de arte más públicas. Proporciona un lugar donde la vida de cualquier sociedad, con todas sus virtudes y lacras escondidas, se revela en público a esa misma sociedad, en donde las creencias y normas de esa sociedad se exhiben y se ponen a prueba, sus valores se escudriñan, los mitos se derriban y se vuelven a construir, y los traumas se convierten en emblemas ardien-

---

[5] Antonio Buero Vallejo, «Sobre teatro», en *Teatro*, Taurus, Madrid, 1968, pág. 62.

tes de su propia realidad. Así es como Buero Vallejo ha usado el teatro, convirtiéndolo en un lugar de reconocimiento, de evaluación y de juicio. Él siempre ha insistido en que su teatro se funda en la investigación del impacto de los temas de índole colectiva en la vida del individuo, «pues lo social nos interesa por cómo repercute en seres de carne y hueso» [6]. Hay que subrayar aquí que esto no es una virtud de su propia concepción con respecto a cómo puede ser el teatro social, sino más bien una definición *sine qua non*. Todas las obras de Buero, desde la ya distante *Historia de una escalera* hasta MÚSICA CERCANA, se han centrado en los verdaderos dilemas de personajes creíbles hundidos en circunstancias claramente definidas. Pero la definición de dichas circunstancias siempre se abre hacia fuera para formar patrones arquetípicos de la vida social, para presentar estructuras sociopolíticas y para hacerse eco de realidades históricas que conectan con la percepción de la realidad que tiene el público. Así se explica por qué tres generaciones de españoles han venido a comprometerse tan profundamente con el teatro de Buero Vallejo.

Incluso el análisis más rápido nos revela cómo la trayectoria del teatro de Buero, en cuanto a su temática y desmitificación, ha trazado un paralelo estrecho con el desarrollo y la expansión de la sociedad española de los últimos cuarenta años. Comparemos, por ejemplo, *En la ardiente oscuridad,* su primera obra escrita, estrenada en 1950, con *La fundación,* quizá su obra clave, estrenada en 1974, precisamente en el momento en que una época estaba tocando a su amargo fin. Vemos claramente cómo la «moral de acero» de

---

[6] Antonio Buero Vallejo, «De mi teatro», en *Romanistisches Jahrbuch,* núm. 30, 1979, especialmente pág. 222.

la institución de los ciegos de 1950 se ha transformado en una alegría ficticia digna del doctor Pangloss [7], un mito elaborado a través de toda una serie de valores de consumo en una sociedad que, por decirlo así, todavía carecía de derechos de consumo en la política. Durante los años franquistas muchos españoles iban a obras de Buero Vallejo en busca de imágenes de su propio desahucio nacional. Sin embargo, la variedad de significados que estas obras encierran no se agota con referencia al momento en que se escribieron. Cualquier obra de teatro seria, que se centre en la interacción de seres humanos y fuerzas sociohistóricas, del modo en que lo hacen las de Buero Vallejo, irá más allá de las circunstancias más personales y más inmediatas, tanto de su génesis como de su presentación.

Desde 1975, el estilo de teatro que ha cultivado Buero no ha cambiado sustancialmente. La primera línea de contacto con el público sigue siendo primariamente emocional, el sentido global de cada obra es trágico, y cada incidente y episodio de sus fuertes hilos narrativos todavía se presentan cuidadosamente elaborados, claramente determinados por distintas fuerzas en varios niveles. De esta forma las obras más recientes de Buero pueden proporcionar a sus espectadores una imagen de cómo se vive en la actualidad más inmediata, iluminando la realidades subterráneas de la sociedad y estableciendo conexiones entre las circunstancias aparentemente más dispares, de modo

---

[7]   El Doctor Pangloss, personaje de *Cándido,* de Voltaire, es el hombre de paja que encarna el optimismo filosófico de Leibnitz, es decir, que el hombre vive en el mejor de los mundos posible. Es un optimismo ciego que Pangloss mantiene a pesar de toda la evidencia del sufrimiento, incluyendo la pérdida de su nariz debido a la sífilis, así como el hecho de casi morir en la horca.

que se hace patente la verdadera naturaleza de las cosas, como vemos que ocurre en MÚSICA CERCANA. Esta obra, entonces, viene a ser mucho más que un sencillo espejo de su momento. Más bien, como el retrato de Dorian Gray, en la única novela de Óscar Wilde, es la obra de arte que refleja la suciedad que subyace a la vida bella, la realidad monstruosa que ésta prefiere olvidar.

Sin embargo, el enfoque de su teatro no es tan científico como todo esto parece insinuar. Su punto de partida y de retorno, de manera muy unamuniana, sigue siendo el individuo de carne y hueso que sufre y que espera. El teatro más reciente de Buero Vallejo, y MÚSICA CERCANA en especial, sigue centrándose en la conyuntura de la vida íntima y la pública, cuando las fuerzas que son producto de nuestra historia y de nuestras actitudes invaden sin piedad la vida privada de los seres humanos a veces más anónimos y también a veces, en el caso de uno de los personajes de MÚSICA CERCANA, más culpables. Por ello, en obras como *Jueces en la noche, Caimán, Diálogo secreto* y MÚSICA CERCANA Buero Vallejo saca a la luz del día tanto los residuos oscuros de culpabilidad como los sueños todavía no realizados que siguen latentes bajo la superfície de España democrática. Así, proporciona una idea más completa de lo que significa vivir y ser en este momento particular de la historia humana.

«MÚSICA CERCANA»: EL ECO DEL PRESENTE

MÚSICA CERCANA es la historia de Alfredo, un hombre acomodado en una riqueza que le permite cerrar la puerta al mundo real y caótico, y refugiarse en la proyección de sí mismo y su pasado, valiéndose de un vídeo de imágenes que muestra sin cesar a su joven y rebelde hija, Sandra. Sus viejos «yo» asomándose a la pantalla, la obsesión por un pasado con ventanas abiertas y el mismo mundo que le ha dado poder desencadenarán una tragedia de nuestros días. Tan de nuestros días que por primera vez una obra de teatro de Buero viene acompañada de una *renuncia* a la responsabilidad de las que normalmente se asocian con el cine. La implicación inmediata es que MÚSICA CERCANA se encuentra tan firmemente arraigada en el presente momento histórico que sería demasiado tentador intentar adivinar qué figura pública podría haber sido la inspiración directa de los empresarios, Alfredo y su hijo Javier, que aparecen en la obra. La razón por la cual Buero ha considerado necesario adjuntar la nota de que «Cualquier semejanza con personas y acontecimientos reales será casual y no debe entenderse como alusión a ellos» es sencillamente porque esta obra en particular presenta una rigurosa denuncia de la realidad social creada por aquellos que controlan el flujo de dinero de la nación. Es posible que, en efecto, la obra no implique referencia directa alguna a ningún personaje público —aunque el hecho de que Buero se haya visto obligado a adjuntar tal aviso ya es en sí un comentario sobre el mundo que va a tratar en la obra, un comentario no exento de cierto grado de ironía—. Como veremos más adelante, dicha nota conlleva otro posible nivel irónico, pero por ahora también hay que reconocer que esforzarnos por identificar a Alfredo o a su hijo con uno de los personajes que llenan las páginas de la prensa amarilla sería limitar el alcance del ataque social de la obra (como también recortaría la universalidad de la obra si nos empeñáramos en poner nombre al país iberoamericano de René, el amigo de Sandra).

También por vez primera una obra de Buero trata de la vida e influencia de esa clase sin rostro, la del ejecutivo agresivo que, por parafrasear al empresario Valindin en *El concierto de San Ovidio,* «ha subido como la espuma» en la nueva España. Mientras que Alfredo es un personaje complejo obsesionado por la recuperación del tiempo pasado, se detecta en seguida que Javier es poco más que un estereotipo. Rodeado por los tótemes de su *status,* con su «brillante cabello bien planchado», «flamante portafolios de piel», y su sede de operaciones en la Castellana, Buero deshumaniza su presentación de modo que encarna más bien una ética —la de una clase frenéticamente adquisitiva cuyo afán por enriquecerse sobrepasa toda consideración legal o moral—. Después de todo, como nos recuerda Sean O'Casey con una ironía feroz en una de sus últimas obras, *Los tambores del padre Ned,* «los negocios, negocios son». Tanto para Buero Vallejo como para el dramaturgo irlandés la ética empresarial se contrapone en todos los sentidos a la vida humana.

Javier es el nuevo hombre de esta sociedad —según la jerga del momento sería una especie de *yuppy* de alta categoría, aunque, como nos demuestra *Lazarillo de Tormes,* la imagen del hombre que se afana por subir, y que se mueve y se alimenta en las sombras entre la inmoralidad y la ilegalidad no es nada nuevo en nuestra historia humana—. Javier es otra versión del hombre de acción, que ya es una figura clásica en el teatro de Buero. Valindin, en *El concierto de San Ovidio,* y Vicente, en *El tragaluz,* son los dos antecesores más directos de Javier, no sólo en el contexto del teatro de Buero, sino también por el terreno histórico que ocupan. En la Francia del *ancien régime* Valindin bien podría ser el padre del capitalismo, y en

la España del *boom* de los sesenta Vicente representa
la semilla de la nueva sociedad de consumo. Como
suele ocurrir en el teatro de Buero, dada la aguda
sensibilidad histórica de su autor, ambos llevan la es-
tampa de su momento: Valindin se esfuerza por llegar
mientras que Vicente se afana por consolidar su posición. Pero Javier es todo un producto de los años
ochenta, una década cuyo signo creciente ha sido el
materialismo y el monetarismo. Así que Javier goza
de una posición mucho mas fuerte que la de sus pa-
rientes metafóricos, cuya época les ha condenado a
faenar en las periferias históricas del capitalismo, tanto el occidental como el español.

En contradistinción, Javier se encuentra en el mismo núcleo de sus operaciones, en el apogeo de su ética. La telaraña de intereses que Buero teje a su al-
rededor —la banca, las fuerzas armadas, la prensa, la
política, incluso la cultura— se funden en una forma
muy concreta de dominación social. Sencillamente, Javier parece intocable. El castigo simbólico de Valindin
y Vicente— a ambos se les niega el amor y los dos
son asesinados por seres que ellos mismos considera-
ban muy inferiores— no se extiende a Javier. Pero el
hecho de que sea un personaje particularmente esca-
lofriante no es porque salga más o menos ileso de la
tragedia, sino porque el futuro tal y como él lo percibe tiene todo el peso del proyecto histórico de su
sociedad y de su época. Javier no posee ninguno de
los deseos que hacen que su padre, por culpable que
sea, se presente como un ser individual y único. Más
bien, encarna las metas socialmente definidas de su
momento —el poder, el prestigio y la gloria que se
alquilan con el dinero—. Hacia el final de *Un soñador
para un pueblo* dice Esquilache al Marqués de la En-

senada, arropado en su propio orgullo y egoísmo, que
«¡El hombre más insignificante es más grande que tú
si vive para algo que no sea él mismo!» Javier también
está hundido en su insignificante grandeza, y su par-
ticipación en la vida nacional se ve reducida a una
función de los intereses creados de su egoísmo.

En la caracterización de Javier, por tanto, se halla
implícita una fuerte denuncia histórica, o mejor dicho,
como ocurre muchas veces en el teatro de Buero, la
triste conciencia de lo que pudo ser y no fue. A través
del hijo, en este sentido, Buero retrata la bancarrota
moral de la nueva sociedad. Los avisos que él había
lanzado a través de su teatro, primero mediante la
persona repugnante de Valindin en 1962, en un momento de aparente apertura, y otra vez en 1977 en *La
detonación,* en boca de su Larra, de que era fácil que
la libertad degenerase en «otra sustanciosa etapa de
privilegios», han sido ignorados. En cuanto a esto
MÚSICA CERCANA va más allá de su campo de referencia español. Ya hemos visto que el teatro de Buero
investiga extensamente en los problemas, cambiantes
y permanentes, con que se enfrentan los individuos a
lo largo de la historia. Por ello parece absurdo sugerir
que su obra esté enraizada en las sombras de un pasado reciente que, para muchos, se está convirtiendo
ya en abstracción. Incluso cuando el franquismo era
el problema más inmediato de su teatro —y el éxito
internacional de muchas de sus obras de protesta codificada denota que su sentido teatral siempre ha sa-
bido coexistir con su compromiso para con la denuncia
de las circunstancias más inmediatas de su país— la
última cuestión siempre ha sido, y sigue siendo: ¿y
qué haremos con nuestra libertad? En el mundo de
Buero la libertad existe *por* y *para* algo. O dicho de

otra forma, en palabras del poeta inglés W. H. Auden «la libertad no es un valor en sí, sino el terreno donde todos los valores se han de plantar».

Es precisamente de traicionar los valores (o el potencial histórico) de lo que Buero acusa a Javier. Por una parte, como buen hijo de los ochenta, vemos que está siempre dispuesto a confundir valor con precio, el cinismo de creer en que la fuerza de voluntad del hombre se puede comprar, que todo y todos tenemos nuestro precio. Javier entiende la vida de una forma meramente materialista, y si el precio de esta visión, de esta mala fe, es una pasajera sensación de soledad o de inautenticidad, la solución es también materialista: la cocaína, la así llamada droga de los ejecutivos. El materialismo de Javier se pone de manifiesto abiertamente cuando intenta poner un precio al amor de René por Sandra, pero esta misma convicción cínica es la que subyace a su filosofía social, al mundo que Buero teme que esté creando a su imagen y semejanza. Su referencia a «las fuerzas sociales a que pertenezco» sugiere una elite pujante que existe más allá de las estructuras políticas del estado democrático. Si Javier ha aprendido algo de sus antecesores, de Valindin e incluso de personajes históricos como Mendizábal, que en *La detonación* tan hábilmente mezcla política con sus propios intereses económicos, es que las nuevas libertades se pueden tolerar ya que la única libertad que importa es la de explotar y medrar.

Así que, como también ocurre en *La detonación,* la situación básica de MÚSICA CERCANA nos lleva a considerar lo que significa —y lo que ha significado— la libertad política para la vida de la nación. Esto se percibe mediante los distintos tipos de comportamiento y de reacciones frente a su libertad que demuestran Ja-

vier y Sandra, el uno un tiburón entre tiburones, la
otra intranquila a pesar de su vida privilegiada. Está
claro que el dramaturgo quiere que éstos proporcio-
nen las imágenes contrastadas de una nueva generación de españoles jóvenes que están entrando en la
vida nacional. Pero, como ya veremos, mientras que
Sandra se debate entre su derecho a la intimidad y su
incipiente conciencia social, Javier demuestra la validez del aviso que daba el Larra de Buero, en 1977,
con respecto a que la libertad que no tenga en cuenta
los valores éticos degenera pronto en libertad de explotación, de autoenriquecimiento a costa de los demás. El dramaturgo Howard Barker, en la Gran Bre-
taña de la era thatcheriana, cuando ha habido un can-
to a las libertades individuales a expensas de la
responsabilidad colectiva, ha insistido en que la tragedia se hace incluso más importante en tiempos de
aparente riqueza:

> Ya que han dejado la palabra libertad desangrada,
> la palabra justicia adquiere un nuevo significado. So-
> lamente la tragedia se interesa por la justicia [8].

De forma parecida, MÚSICA CERCANA está fundada
en el intento de Buero de cuestionar una libertad di-
fícilmente conseguida y de demostrar que la justicia y
la responsabilidad se esfuman cuando la adquisición se
convierte en la meta de una sociedad, así como la libertad en su retórica. A través de Alfredo y Javier,

---

[8]   En este trabajo titulado «49 apartes para un teatro trágico»,
en el diario *The Guardian,* 10 de febrero de 1986, Howard Barker
anima al teatro británico a redescubrir la tragedia como elemento
intrínseco dentro de la resistencia cultural. Es significativo que dicho teatro esté volviendo la vista hacia un tipo de tragedia que
Buero crea desde hace cuatro décadas.

Buero retrata una economía recalentada por el blan-
queo de dinero sucio, por inversiones de dudosa mo-
ralidad, y por personas cuya posición sobrepasa el
control de la ley y que se ciegan ante la idea de que
los negocios, negocios son. Es, más que nada, la imagen de una libertad que ha fracasado, de una libertad
basada en el engaño. Es otra fundación. Y en esa fundación tenemos la impresión de que a pesar de los
logros alcanzados desde el punto de vista político, la
verdadera libertad todavía queda por conquistarse.

Una ciudad erizada de peligros

El resultado de todo esto es la creación de un estado en desorden, una *libertad engañosa,* como quizá
lo habrían entendido los dramaturgos del Siglo de
Oro. Hay un paralelo entre Música cercana y *Diálogo secreto* en cuanto a que ambas se centran en un
núcleo familiar. Sin embargo, mientras que el mundo
exterior para Fabio, el crítico de arte daltónico de
Diálogo secreto, es como un teatro donde él desem-
peña su papel ficticio con más autoridad, en Música
cercana hay una tensión inmediata entre el mundo
acomodado de la casa familiar y la selva de la vida
que aguarda tras sus puertas. Por una parte, está claro
que el dramaturgo quiere reflejar la inseguridad ur-
bana que se ha impuesto en la vida cotidiana española
de los años ochenta. Y en 1967, en *El tragaluz,* Buero
había definido la sociedad capitalista en términos de
«devora antes de que te devoren», haciéndose eco in-
conscientemente del «mata o te matarán» de *Major
Bárbara,* de Bernard Shaw. Aun así, en la obra del
irlandés este último dilema moral no se refleja en la
vida de salón de los protagonistas; no sienten que es-

tán entre las garras de un conflicto que les atañe directamente, no sufren ninguna invasión de su intimidad. En este sentido, *Major Bárbara* bien podría ser considerada un ejemplo de la así llamada *pièce bien faite* (a pesar de las negativas al efecto del propio Shaw), que pretende captar una imagen global de la vida a través de la cuarta pared. Pero la vida sigue ahí fuera, y ni la familia ni el gran público están libres de la influencia de lo que en inglés se llama *the rat race,* es decir, el mundo agresivo y competitivo de los negocios. De esta forma, MÚSICA CERCANA pone de relieve una paradoja: retrata a la misma gente que ha contribuido a la creación de dicho sistema, que se sigue beneficiando de él y que, no obstante, se esfuerza por protegerse de sus últimas consecuencias.

Durante toda la obra se habla constantemente de posibles atracos y guardaespaldas —«gorilas»—, de puertas y ventanas cerradas, de alarmas y vigilancia. Asimismo, Alfredo se preocupa en todo momento de la seguridad de su hija. Pero sería ingenuo pensar que Buero estuviera señalando aquí que la riqueza también conlleva sus propias dificultades. Ello sí que reflejaría la mitología del culebrón dinástico y la prensa amarilla, cuyo propósito es barnizar con una capa de aceptabilidad, si no de respetabilidad, los valores de un Javier. MÚSICA CERCANA no busca reconciliar así al espectador con su época. En vez de eso, intenta demostrar, a mi juicio con éxito, cómo las últimas consecuencias de nuestras acciones pueden convertirse en cárceles que imposibilitan la misma libertad que anhelamos. Hacia el final de la obra todo esto cristaliza en una imagen cruel de pérdida, un acontecimiento brutal y chocante que irrumpe en la obra como un *deus ex machina,* pero que destruye y que dispersa en

vez de reconciliar y atar los cabos, como sucede en la
pièce bien faite. Casi desde los primeros momentos de
la obra, la constante tensión entre el salón y el mundo
exterior, del cual emana una vaga sensación de ame-
naza y peligro, recuerda al espectador que Alfredo y
su familia no son seres humanos libres.

Precisamente es esta misma falta de libertad en su
vida lo que molesta tanto a Sandra. Su padre ha vuelto de la finca al piso de su infancia, un piso que él ya
había regalado a su hija, aparentemente para reunir a
la familia. Alfredo vive obsesionado por el fantasma
de la soledad —hay varios momentos en la obra en
que el cambio a una forma de presentación escénica
más poética y estilizada, en forma de luces y sombras,
nos sumerje sutilmente en la pesadilla de abandono
que le acosa—. Y sin embargo, en una versión más
específica de la paradoja que acabamos de describir,
las mismas medidas que toma para no perder a su hija
son las que terminan por volverse contra él. Es importante que veamos en esto algo más que el tópico
del abismo entre las dos generaciones. Al igual que
Juanito, que anhelaba marcharse de una casa amar-
gamente dividida en la «tragedia española» *Las cartas
boca abajo,* estrenada en 1957, el deseo todavía mal
definido de Sandra de pasar por la vida como algo
más que «¡La hija del riquísimo don Alfredo seguida
de sus gorilas!» implica el desasosiego moral de una
nueva generación al borde del desencanto. Por ello,
Sandra entra en conflicto con su padre tan inevitablemente como les ocurriera a Juanito o a Aurora, en
Diálogo secreto. Su conciencia del problema que vive
no está, por supuesto, tan politizada ni es tan moral
como la de Aurora, pero aun así sabe que ha de romper con su pasado, concretamente con su padre, si

quiere ser capaz de explotar su propia libertad creativamente. En este sentido, la referencia que hace Alfredo a Picasso sobre que tenía «mucho dinero para poder vivir como un pobre», aunque bien podría tener su parte de verdad, demuestra que no entiende bien el fondo de la cuestión. A diferencia de Sandra, a Picasso no le estorbaba la herencia moral y material de un pasado dudoso, y su riqueza fue el resultado de la elaboración por parte de la clase de Alfredo, la burguesía internacional, de un precio de mercado por algo que en realidad no puede tenerlo jamás: el impulso de crear.

René intenta potenciar este mismo impulso creativo de Sandra (hay un simbolismo muy claro en el hecho de que haya iniciado su relación con ella siendo su profesor particular), buscando, por decirlo así, nuevos significados para viejas preocupaciones. René está instruyendo a Sandra fundamentalmente en la realidad del mundo. Gracias a otra paradoja de nuestra historia contemporánea, aunque René pertenece al nuevo mundo su asimilación de la cultura del viejo mundo es mucho más completa que la de Sandra, la pobre niña rica cuya existencia sobreprotegida ha resultado en cierto grado de inmadurez emocional e intelectual [10]. René ha emprendido la tarea de canalizar la rebeldía amorfa de Sandra, convirtiéndola en la percepción sistemática del mundo y su injusticia. Dicho de otra forma, a medida que Sandra va aprendiendo lo que significa su propia subjetividad: «Mi padre va aprender de una vez que mi vida no es la suya», René está empeñado en que ella entienda esa misma subjetividad como una fuerza activa en el mundo. En conclusión, la forma en que René concibe su papel frente a Sandra es un versión de la ética fundamentalmente correctiva del teatro de Buero.

Volviendo a la metáfora de los cegatos que se niegan a ceder ante su ceguera, podemos entender que la dinámica correctiva de Buero se caracteriza, sencillamente, por el deseo de ayudar al espectador a ver. El marcado contraste entre la capacidad de René y Sandra de ver esas pautas ocultas de causa y efecto, que son los verdaderos factores determinantes de nuestra realidad social, refleja la relación dramaturgo/ cegato. En este sentido, el último propósito del teatro de Buero —si es que se puede decir que toda una obra tenga un *último* propósito— se hace eco del famoso consejo que daba el novelista E. M. Forster a sus lectores, de *Only connect* —«¡Simplemente asocien!»— como una fórmula para identificar las pautas interrelacionadas dentro de la experiencia humana —incluyendo las de la culpabilidad final y la inocencia relativa—. Como ya veremos, es un imperativo que vuelve a surgir en la escena final de MÚSICA CERCANA, otra vez en boca de René, pero por ahora debemos seguir analizando la relación tanto dramática como temática que existe entre éste y Sandra.

UN ECO DEL PASADO: LA VOZ DE LA LUCHA

Todo el teatro de Buero Vallejo se puede considerar como una teoría sistemática de la lucha —la lucha para que el objeto se convierta en un libre sujeto (la lucha específica de Sandra) y la lucha por conquistar el futuro (la de René)—. En este sentido, se puede considerar a Buero Vallejo un teórico de la lucha en igual medida que el propio Brecht. El personaje de René abarca las dos categorías (como también lo hacen los grandes antagonistas del teatro bueriano: por nombrar sólo a dos, David, de *El concierto de San*

Ovidio, lucha por conseguir mejores condiciones para sus compañeros ciegos, y a la vez consigue liberar a Adriana de su denigrante condición de objeto sexual en la vida de Valindin, de la misma forma que Esquilache, de *Un soñador para un pueblo,* lucha por todo un pueblo, pero también logra liberar a Fernandita, la criada ciega a sus propias posibilidades). Por un lado, René trata a Sandra como una mujer frente a la visión paternalista de su familia —«es nuestra niña, Javier. Y hay que cuidar de ella»—, y por otro, lucha por el futuro de su propio país. Pero también hay un paralelo entre la situación de la pobre niña rica y el país hundido en la miseria y la guerra interna; ambos son las víctimas de los intereses ciegos de los demás, y tanto Sandra como los compatriotas de René podrían quejarse de que «A todo eso nos han condenado con su cerco implacable los poderosos de la tierra».

Está claro que en poco más de un año René ha conseguido despertar a Sandra de lo que uno de los personajes de *Llegada de los dioses* describe como la «ceguera azul», la venda que la inocencia absoluta nos pone en los ojos. Una parte de la lucidez de René proviene de su alerta cultural —por ejemplo, su análisis de la obsesión de Alfredo con su propio pasado funciona casi como un comentario coral a toda la obra mientras que sus agudas declaraciones acerca del lugar común literario de la relación amo/vieja criada penetran hasta la médula del mundo callado que existe entre Alfredo y Lorenza—. Pero no es meramente una superioridad cultural la que diferencia a René de Sandra. Brecht, en sus notas a la ópera *Auge y caída de la ciudad de Mahagonny,* publicadas en 1931, señala una importante distinción entre la teoría del personaje en el teatro aristoteliano (o «dramático») y en su tea-

tro épico. En aquél «el ser está determinado por el
pensamiento», mientras que en el suyo «el pensamiento está determinado por el ser social». Lo que separa
a los dos jóvenes, lo que explica la radicalmente diferente calidad de sus percepciones, es su muy distinta
experiencia de la historia.

Por esta razón Buero aporta algún que otro detalle
sobre la vida anterior, la «pre-historia», del joven latinoamericano. Son detalles que contrastan en su to-
talidad con los elementos de la vida que la española
da por sentados, de tal forma que se convierten en un
catálogo de las diferencias que separan a dos socie-
dades, dos historias, la una ya establecida, disfrutando
de la opulenta red del internacionalismo empresarial a
la que pertenece, la otra rodeada de hostilidad internacional, y todavía «en vías de desarrollo», si se me
permite usar una frase que se empleaba para describir
a la economía española de hace no tantos años. Así
que a diferencia del padre de Sandra, que la educa en
un mundo privilegiado, los padres de René «Hace
años que no pueden mandármela [la mensualidad]», y
su descripción del momento difícil por el que atraviesa
su país contrasta marcadamente con la vida placentera
que lleva la familia de Sandra:

> Medio kilo de carne vale la décima parte del sueldo
> mensual, así que nunca la toman. En las escuelas un
> libro para cada diez alumnos; cuadernos y lápices,
> también racionados y compartidos. Para los adultos,
> cualquier obsequio es un tesoro.

La escena en que René y Alfredo se ven por primera vez es especialmente importante en este contexto. Cuando este último le pregunta si es comunista, se
está haciendo eco no sólo de los prejuicios concretos

del reciente pasado español sino también de esa especie de imperialismo que acarrea el capitalismo internacional. Aunque René se niega a autodefinirse de una forma estrechamente ideológica (he aquí otro paralelo con el dramaturgo), su respuesta de que «las cosas tenían que cambiar y (...) estoy con ese cambio» deja clara su convicción revolucionaria. Más concretamente, la pequeña confusión entre René y Alfredo sobre a qué dictadura en concreto —«¿la nuestra?»— se están refiriendo hace más profundo aún el paralelo entre las historias de los dos países. Es inevitable que el espectador empiece a identificar a René con el pasado de su propio país; una identificación que se hace explícita en términos de la obra bueriana ya que el compromiso del joven para con el cambio es un reflejo casi exacto de las palabras de Esquilache en *Un soñador para un pueblo:*

> El que no quiera cambiar con los cambios del país se quedará solo.

En consecuencia, tanto la ilusión del empeño de René como su fuerza de voluntad se convierten en una potente y conmovedora metáfora de las oportunidades perdidas que parece que caracteriza la perspectiva de Buero Vallejo acerca de la España a punto de entrar en el siglo XXI. Está claro que la confrontación que plantea MÚSICA CERCANA entre las posibilidades y la decadencia históricas es universal, pero, como todo en el teatro de Buero, también dice algo muy importante sobre la España que él habita. René se caracteriza no sólo por su sentido de responsabilidad hacia el futuro colectivo de su país (sentimiento que Javier se propone aprovechar de la forma más cínica), sino también por su visión clarísima de los

fuertes lazos entre el yo íntimo y la persona pública.
Dicho de otro modo, sabe «asociar». A diferencia de
Alfredo y Javier, incapaces ambos de ver las últimas
consecuencias de sus acciones —«¡No somos criminales!»—, René se da cuenta de que al ser humano no
se le puede aislar moralmente de sus palabras ni de
sus acciones. Mientras que Javier miente y disimula
con una evidente facilidad, René explica a Sandra que
el futuro depende de la calidad moral y ética del momento actual. Cuando dice a Sandra que «nosotros debemos ser gente de palabra» rechaza la actitud revolucionaria de que los fines justifican los medios (lo
cual, a fin de cuentas, es sencillamente otra versión
de «los negocios, negocios son»). La sugerencia de
Sandra de que desoiga la voz de su propia conciencia,
o sea la llamada de su propia historia, sólo convence
a René de que «sigues perteneciendo a los tuyos, que
no son los míos».

Obviamente, no es tan fácil que René abandone a
Sandra para volver a su propio país. En *En torno al
casticismo,* Unamuno ya había descrito al hombre
existiendo en la historia «con su haber y con su de-
ber», y durante toda la obra René está debatiéndose
entre lo que tiene que devolver a la historia y las exi-
gencias de su vida íntima. Por una parte vive su convicción plenamente marxista de que el hombre se define a sí mismo y su mundo mediante la acción, que
la pasividad es una especie de entrega a la modorra.
Reconoce la validez de las aspiraciones metafísicas y
las dudas psicológicas de Alfredo, pero también le
aconseja que no deje de actuar. Esto evoca uno de
los poemas más famosos de otro latinoamericano, César Vallejo, que también formula la misma idea:

> Un hombre pasa con un pan al hombro
> ¿Voy a escribir, después, sobre mi doble?
> ....
> Otro tiembla de frío, tose, escupe sangre.
> ¿Cabrá aludir jamás al Yo profundo?
> ....
> Alguien pasa contando con sus dedos.
> ¿Cómo hablar del no-yo sin dar un grito?

El consejo de René es una re-elaboración del que da Asel a Tomás (hundido, como sugiere su nombre, en un mar de dudas en un mundo de apariencias engañosas), personajes ambos de *La fundación:*

> Duda cuanto quieras, pero no dejes de actuar. No podemos despreciar las pequeñas libertades engañosas que anhelamos aunque nos conduzcan a otra prisión.

Estas palabras expresan el dilema de la forma más sucinta. Asel, otro revolucionario en su propio momento, está comprometido al igual que René para con un mundo mejor. Pero mientras que Asel se está refiriendo en gran parte a dudas metafísicas, sobre todo a las dificultades de la percepción, la fundación que tienta a René —en forma de la organización cultural que le ofrece Alfredo— representa la tentadora perspectiva de la vida contemplativa, de la retirada hacia otras preocupaciones más personales. En un mundo que subordina lo personal a su red de intereses creados —los negocios, negocios son—, el individuo que se dedica a cultivar su propio jardín personal, está cerrando los ojos ante la injusticia y la ignominia:

> Sandra, no se trata de cualidades personales. Aunque tu padre puede ser un buen sujeto, está atado por sus intereses. Y la fundación también los tendrá que servir.

La escena en que René y Sandra debaten tanto los derechos como los deberes del individuo no sólo posee su propia fuerza dramática dentro del hilo narrativo de la obra, sino que también aglutina de forma muy conmovedora uno de los dilemas universales de nuestros días. Hasta cierto punto, como demuestra muy bien la agitación y confusión de René, es un dilema sin solución porque incluso mientras habla de la necesidad imperante que tiene de volver a su país, también siente que será imposible abandonar a la mujer que ama. El conflicto enriquece tanto la escena como el personaje, que podría decir como Leonardo en *Bodas de sangre* «¡Qué vidrios se me clavan en la lengua!» Sin embargo, la fuerza brutal de los acontecimientos lleva a René a tomar una decisión. A pesar del derrumbamiento personal de Alfredo, René tiene la moral y fuerza suficientes para «ir de su corazón a sus asuntos», por parafrasear a Miguel Henández. El único protagonista iberoamericano de toda la obra de Buero Vallejo abandona España para volver a su país, vuelve la espalda a una historia decadente, cansada ya, y se marcha para hacer frente a la inseguridad de un nuevo proyecto humano abierto a la esperanza, que todavía queda por construirse.

Ya hemos visto un paralelo entre Esquilache y René por lo que se refiere a que ambos son conscientes de la necesidad del cambio. Es significativo que *Un soñador para un pueblo* esté dedicado «a la luminosa memoria de Don Antonio Machado, que soñó una España joven». La última escena de MÚSICA CERCANA crea un contraste muy marcado entre el joven que se marcha para enfrentarse con la historia, que a pesar de todo no ha perdido «la moral», y el viejo finalmente derrotado por la inexorable marcha del tiempo.

Es un tipo de imagen escénica final que hemos visto en otras obras de Buero, una imagen que encierra la tensión de la fe que duda, la derrota equilibrada por nuevas posibilidades. Quizá sea cierto, como se ha dicho, que la nuestra es una época de fe, aunque no de convicción. La obra de Buero Vallejo, su teatro de tragedia esperanzada, busca contribuir a la construcción de una fe a través de la cual el individuo pueda enfrentarse a la vida. Como también ocurre a menudo en el teatro de Buero, esta obra termina con una propuesta de lucha por algo mejor, una lucha que la juventud enarbola. Pero en este caso en concreto, esta propuesta lleva la imaginación histórica del espectador más allá de las fronteras de su propio país, hacia los sueños jóvenes de otra experiencia de la historia.

LAS TORPEZAS HUMANAS SE DISFRAZAN DE DESTINO

El teatro de Buero ha mostrado desde sus comienzos la preocupación por el tema del transcurrir del tiempo. En *Historia de una escalera,* por ejemplo, el tiempo se presenta de una forma dualista: por un lado, tal y como se experimenta en la vida individual, simultáneamente como medio y barrera para alcanzar la plenitud humana, y por otro, en su realidad más amplia, condicionando la vida de la comunidad. La relación crucial entre lo que se puede denominar el tiempo privado y el tiempo histórico se ve en la forma en que las decisiones más íntimas de los personajes, sobre todo el hecho de que Fernando abandone a Carmina, influyen enormemente en la vida de la comunidad y las generaciones. En MÚSICA CERCANA, a diferencia de René, cuya fe y fuerza de voluntad tienen vistas al futuro, Alfredo se halla encerrado en su propia lucha personal con el tiempo, atormentado por darse cuenta de que con el paso de los años tiene muy poco que sea realmente suyo. Así que mientras que vemos en Javier los resultados políticos de la supremacía de los deseos privados, en Alfredo vemos sus consecuencias personales. A pesar de estar rodeado por los símbolos de su *status,* Alfredo es un hombre hundido ya en la más absoluta soledad. Otra vez cabe señalar aquí que esto no es un ejemplo del hecho de que los ricos también lloren, como lo malinterpretaba una crítica periodística, sino el retrato del vacío que nos impone el egoísmo.

Alfredo es un personaje del tipo de Joe Keller, el protagonista de *Todos eran mis hijos,* de Arthur Miller, por lo que se refiere a su incapacidad de salir de la trampa privada de una existencia cuyas metas han sido puramente egoístas. Dentro de su ser hay una mala fe, en el sentido sartriano, un profundo divorcio entre la cara pública del empresario y el proteccionismo del *pater familiae.* Se comporta como si se hubiese retirado del mundo de los negocios, sobre todo para velar por los intereses de su hija, para volver a ganársela como hija. El hombre de acción, que ha aprendido que el precio de su forma de actuar es la soledad, ha vuelto a casa a recuperar lo mejor de su pasado, el sueño del amor que todavía lleva dentro:

> Rescatar lo mejor del tiempo que se fue. Volver a ser niño, y muchacho... Borrar amarguras... Sí, ya sé: soy un empresario poderoso a quien no le han faltado satisfacciones ni bellas amigas... ¿Y qué me queda de todo eso? ¡Nada! *(Se toca el pecho.)* Aquí dentro sólo

me quedas tú. (...) Y ella. Isolina. ¿Me ayudarás tú
a soñar ese sueño?

Sin embargo, en el teatro de Buero la realización
de los sueños sólo se puede conseguir con los ojos
abiertos o, dicho de otra forma, las utopías, personales o colectivas, se tienen que fundamentar en la lucidez moral.

La primera impresión sugiere que Alfredo sí que
desea ver. La disyuntiva entre el papel público que ha
desempeñado y sus deseos íntimos le ha llevado a un
espejo para ver reflejada allí la imagen del hombre
que realmente es. Habiendo sacrificado la calidad de
su vida personal por su afán de lucro y de poder, Alfredo se ha desengañado, despertándose a las realidades más importantes de la vida. Conocerse a sí mismo, quitarse la careta, como decía Larra en *La detonación,* es tal vez uno de los impulsos más antiguos
de la humanidad. Como señala René, el juego del vídeo de Alfredo, en el cual contempla una sucesión
cronológica de imágenes de sí mismo, es otra forma
de «luchar contra la muerte», de ver satisfecha
su vanidad individual, tal y como la habría sentido
Unamuno, de seguir vivo a través del espacio y el
tiempo:

> Todos queremos conservar nuestros retratos. Nues-
> tro pasado. ¡Que no desaparezca! Y los mayores
> hombres de acción, quienes más lo desean. Es
> cosa del ego. (...) Desde los faraones, nada menos.
> Más tarde, reyes y magnates encargan sus retratos al
> óleo.

De igual modo, mediante los mejores avances tec-
nológicos el rico puede jugar con la ilusión de encon-

trar una imagen objetiva de sí mismo, de poder controlar incluso el tiempo. En términos teatrales, como
reconoce el propio autor, el vídeo, aunque técnica-
mente sea de elaboración difícil, ofrece, sin embargo,
grandes posibilidades escénicas. Con la proyección de
«El tiempo en mis manos», como llama Alfredo a su
creación, contra la pared del fondo, el espectador podrá sumergirse de una manera total en el desgarrado
contraste entre la inocencia del niño que fue y el rico
fracasado que es.

Sin embargo, a diferencia de Vicente, en *El tragaluz,* cuya necesidad de expiar su culpabilidad le lleva
a buscar una imagen de su inocencia perdida en la
casa de su infancia, a Alfredo no le redime ningún
grado de intranquilidad moral. En el teatro de Buero
la salud de cualquier individuo, como la de la sociedad, sólo se puede medir a través de los secretos que
ese individuo o esa sociedad esconden. Alfredo ha intentado volver la espalda a su vida de antes, recono-
ciendo ante René que si está dispuesto a crear la fundación artística (en sí metáfora del engaño implícito
en el materialismo) es «para lavar mi imagen de discutibles actividades anteriores». La expresión se hace
eco de las ganancias de inversiones dudosas que, según Javier, «ya están adecuadamente blanqueadas»,
sugiriendo que es una cuestión de mera fachada. Alfredo continúa siendo tremendamente activo, no sólo
mediante las actividades de su hijo, sino también en
cuanto a la búsqueda que ha emprendido a través de
su pasado.

Como él mismo reconoce, «también el hombre de
acción reconsidera el pasado para avanzar mejor». En
este caso Alfredo rebusca en su pasado una oportu-
nidad perdida, una amor que pudo ser y no fue. La

escritora norteamericana Susan Sontag ha escrito que «la obsesión con el pasado es la peor consecuencia del amor no realizado», y el juego del vídeo de Alfredo es un medio de identificarse con lo que Unamuno llamaría un «ex futuro yo», un Alfredo de veinte años que suspiraba de amor —¿quién sabe si correspondido?— por la vecina guapa, que se ha convertido en una costurera solitaria. La ventana del fondo del salón corresponde a esta imagen del pasado. En contradistinción con las otras ventanas de la casa, cerradas con llave, ésta es tanto una ventana al pasado de Alfredo como al piso de Isolina, la costurera. En este sentido es una extensión del vídeo, una puerta de acceso a la recreación imaginativa del pasado del empresario, como vemos concretamente cuando la bonita joven aparece en la ventana en el momento en que él detiene la cinta en la imagen de un Alfredo de veinte años.

En este caso el amor perdido de Alfredo se presenta por medio de un tópico romántico —el de la pobre costurera secretamente enamorada del gran señor que, cuando menos se espere, volverá a por ella—. La cuestión de la música, que da título a la obra, está estrechamente ligada a esta presentación del sueño de Alfredo. Obviamente, es difícil describir un elemento tan intrínseco a la teatralidad de la obra. Por una parte, la música tiene una función plenamente melodramática —en el sentido más puro de esa palabra— porque realza las emociones de nostalgia, pérdida y esperanza que conforman el mundo sentimental de Alfredo. Pero la música también está plenamente integrada en las dimensiones temática y dramática de la obra porque surge de la ventana de Isolina. Así que Alfredo siempre ha asociado a esta mujer con la mú-

sica, y ésta, tanto en la obra como en la vida de los
dos jóvenes que han envejecido sin cruzar ni una sola
palabra, viene a representar la capacidad de soñar. A
través de la música, el lenguaje de una experiencia
íntima radicalmente distinta a la lucha cotidiana, el
teatro de Buero da voz a otra vivencia que enriquece
nuestro mundo interior —significativamente, Javier se
queja de que «Esa musiquita no deja pensar»—. La
música está cercana sencillamente porque viene de la
ventana vecina, pero el título de la obra también contiene una ironía cruel. La música sigue tan cerca de él
y, sin embargo, tan perdida como su propio pasado.
Tal y como las imágenes que se proyectan en la pantalla, las notas de la música no son más que el eco
vacío de lo que pudo ser.

Una obra temprana de Buero, *Casi un cuento de
hadas,* propone la premisa de que la vida se niega a
comportarse como si fuera el escenario de una historia
romántica. De la misma forma, Alfredo fracasa en su
intento de recuperar el sueño idílico de su pasado sencillamente porque se ciega ante su realidad, porque se
niega a ver y, como los personajes de *Historia de una
escalera,* porque no sabe asociar las consecuencias de
sus actividades públicas con el desarrollo de su mundo
íntimo. Volviendo a nuestro paralelo con la novela de
Wilde, Alfredo es un Dorian Gray que se obsesiona
con la belleza del sueño de su rostro íntimo mientras
que ignora el monstruo reflejado en el espejo de sus
acciones. En el mundo de Buero, como en el de
Freud, el pasado olvidado y reprimido suele volver, y
nuestros errores y culpabilidad, cuando no se rectifi-
can, se convierten en nuestra propia cárcel. Como sugiere René, si Alfredo quisiera llegar a comprender su
pasado, y en esa comprensión dolorosa recuperar lo

mejor de su vida anterior, tendría que sumergirse en
la contemplación más absoluta. La primera parte de
la obra termina con un bello momento teatral de silencio y de serenidad:

> Yo dudo de que este espejo suyo revele su cara
> verdadera. (...) Pero, si quiere que conteste..., que
> nos responda a todos... habrá que estar tan inmóviles
> como él ahora... y callar... Callar...

Pero, como ya habremos visto, Alfredo no sabe estar inmóvil. En el fondo no puede controlar su destino, como pretende mediante el vídeo, porque los secretos de su pasado le tienen preso. Cuando Buero
dice que «las torpezas humanas se *disfrazan* de destino» está declarando que sólo la lucidez moral nos puede garantizar algún grado de libertad. A diferencia de
las imágenes de la pantalla, sujetas todas al mando a
distancia, la realidad que vive Alfredo ya está fuera
de su control. Su pasado, plagado de secretos, invade
su vida en tres momentos distintos y sumamente dra-
máticos en las últimas escenas de la obra.

El primer momento concierne a Lorenza, la vieja
criada de la familia, a quien Alfredo llama «mami» ya
que ha sido como una segunda madre para Sandra.
Sin embargo, más que un término de cariño, denota
el intento de Alfredo de distanciarse moralmente del
secreto que ha amargado su relación, un secreto cuya
realidad brutal se descubre en el momento en que,
por un instante, Lorenza habla a las claras, un momento que resulta francamente sobrecogedor por su
adhesión a la verdad en una casa de apariencias y fachada. Como en todas las demás esferas de su vida,
Alfredo ha construido su propia versión de lo ocurri-
do, refugiándose en otro cuento de hadas de inocencia

y belleza. Así que Lorenza, que ha visto su vida con-
sumida en estéril servicio a la familia de Alfredo, también es su víctima más directa. El desprecio que siente
ella, que corroe su vida, encuentra su única salida per-
misible en los insultos que profiere hacia él en inglés.
Es un recurso muy hábil, ya que no sólo hace de Lorenza un personaje teatral memorable, sino que también dice algo muy importante sobre la falta de igual-
dad inherente a esta relación. Además, a través de su
protesta codificada, Lorenza da en el clavo varias veces, sobre todo cuando dice a Alfredo que «You hit
and run» (literalmente: «Golpeas y sales corriendo»).
Esta frase tan expresiva se usa en inglés para referirse
al conductor que provoca un accidente y se va sin
afrontar las consecuencias, evadiendo así sus responsabilidades tanto legales como morales.

Hacia el final de la obra, cuando se acaba de de-
sencadenar la última tragedia, Lorenza se abalanza sobre Alfredo con una fuerza de odio que posiblemente
no tenga parangón en ningún otro momento del teatro
de Buero. El estallido emocional de Lorenza surge de
su respuesta catártica —en el sentido más directamente aristoteliano de la purgación de emociones negativas— tanto ante la tragedia silenciosa que ella ha venido viviendo durante años como ante la desgracia inmediata   cuya   última   responsabilidad   atribuye
claramente a Alfredo. Los secretos que llevan años
supurando bajo la superficie de la respetabilidad salen
a la luz del día con una furia amarga cuya fuerza sobrepasa la de las palabras.

La soledad de Alfredo al final de la obra se deja
sentir como especie de colofón al clímax dramático y
al grito de verdad que Lorenza acaba de poner en el
cielo. Es la pesadilla, que le ha acosado durante toda

la obra, hecha realidad. Finalmente, ha aprendido lo acertada que ha sido la lección de René de que «no hay burlas con el tiempo», entendido aquí en su forma dualista: el espacio matemático en el cual nos esforzamos por construir y salvar algo de nuestra existencia, y la herencia de nuestro pasado, como ya dijimos, con su haber y con su debe. La mujer que Alfredo imagina eternamente joven y bella, aguardándole en silencio al otro lado de su ventana mientras escucha la hermosa música de su imaginación, aparece al final envejecida y marchita. Es el retrato de Dorian Gray al revés, el rostro de una persona que ha tenido que trabajar y sufrir a lo largo de su vida. La ventana al pasado se cierra para siempre: la deseada vuelta a una felicidad imaginaria se destruye tan irreparablemente como el mito de la «mami» Lorenza. La verdad de la soledad, que es el precio del egoísmo, asume el control de la vida de Alfredo.

Sin embargo, queda aún otra ficción por desmentir. Es René quien, apropiadamente, señala a Alfredo que las circunstancias que causaron la desgracia climática de la obra son un resultado más o menos indirecto de sus propias actividades empresariales. De esta forma MÚSICA CERCANA describe la oculta red de responsabilidades que une al hombre y su mundo. Si «las torpezas humanas se *disfrazan* de destino», lo que Javier llama «la maldita casualidad» solamente lo es porque no sabe asociar, porque prefiere seguir ciego ante su responsabilidad. De modo que, al final de la obra, Javier intenta convencer a su padre de que siga trabajando, de que acepte como pueda la realidad del azar:

Estás impresionado. Pero debes sobreponerte y volver al despacho. Los dos debemos reaccionar. El gol-

pe ha sido tremendo, ya lo sé... Una espantosa casualidad.

Pero Alfredo ya sabe exactamente cómo él ha contribuido a la tragedia; por primera vez en la obra ve
con claridad la responsabilidad que nunca había querido aceptar. Y esta vez Alfredo ya no puede *hit and
run*. El pasado le ha atrapado definitivamente. Pero
la frase «espantosa casualidad» nos recuerda inevitablemente la nota preliminar que Buero adjunta a la
obra y que se incluía en el programa de la función.
Sólo un Javier entendería como algo «espantosamen-
te» casual la identificación entre los empresarios reales
de nuestros días y la selva de la vida que se deriva de
la ética empresarial. En la mención de la palabra «casual» podemos detectar otro nivel irónico con respecto
a la nota. La identificación entre personas concretas y
personajes simbólicos tal vez ya no resulte tan casual
para el lector/espectador con ánimo de asociar.

En la última escena de la obra tanto Alfredo como
René se definen como muertos en vida. Pero, de una
forma paradójica, mientras que Alfredo ha intentado
manipular el tiempo con un truco tecnológico, René
por lo menos ha experimentado un momento en el
cual el tiempo se ha detenido, un momento de amor
que le acompañará durante toda su vida y un amor
que le alimentará mientras luche en su propio país
para que «los ricos no sean cada vez más ricos y los
pobres más pobres». En el apartamento de René hay
otra ventana —he aquí de nuevo el contraste escénico
con el mundo de Alfredo— a través de la cual se divisa «el fresco fulgor de la verde espesura». Aquí Sandra y René vivieron la intensidad de su «tarde eterna». Hay que reconocer que es ésta otra ilusión. El
ser humano la necesita para seguir adelante, para lu-

char. No obstante, como demuestra MÚSICA CERCA-
NA, la doble lealtad hacia nuestra vida personal y hacia el mundo en que vivimos, una lealtad a veces muy
conflictiva, exige que nos nutramos de la ilusión sin
cerrar lo ojos ante la apremiante realidad de nuestra
época. El teatro de Buero simpre ha reflejado lo que
denominaba Gramsci «el pesimismo del intelecto y el
optimismo de la voluntad», y MÚSICA CERCANA comunica el mismo sentido dialéctico, a la par que de-
safiante. Si hay algún futuro posible, su conquista habrá de significar el despedirse de nuestro mundo decadente y de las criaturas heridas que lo habitan.

DAVID JOHNSTON.

BIBLIOGRAFÍA SELECTA

A.A. V.V.: *Antonio Buero Vallejo, Premio «Miguel de Cervantes»*, 1986, Anthropos-Ministerio de Cultura, Barcelona, 1987.

BEJEL, EMILIO: *Buero Vallejo: lo moral, lo social y lo metafísico.* Instituto de Estudios Superiores, Montevideo 1972.

BOREL, JEAN-PAUL: *El teatro de lo imposible,* Guadarrama, Madrid, 1966, págs. 225-278.

BUERO VALLEJO, ANTONIO: *Teatro,* Taurus, Col. El mirlo blanco, Madrid, 1968. Contiene *Hoy es fiesta, Las Meninas* y *El tragaluz,* además de importantes estudios.

Cuadernos de Ágora, 79-82, mayo-agosto de 1963, número monográfico sobre Buero.

DOMÉNECH, RICARDO: *El teatro de Buero Vallejo,* Gredos, Madrid, 1973.

DOWD, CATHERINE ELIZABETH: *Realismo trascendente en cuatro tragedias sociales de Antonio Buero Vallejo,* Estudios de Hispanófila, University of N. Carolina, Valencia, 1974.

Estreno, 5, 1979: número monográfico sobre Buero.

GONZÁLEZ-COBOS DÁVILA, CARMEN: *Antonio Buero*

Vallejo: el hombre y su obra, Universidad de Salamanca, Salamanca, 1979.

HALSEY, MARTHA T.: *Antonio Buero Vallejo,* Twaune,
Nueva York, 1973.

IGLESIAS FEIJOO, LUIS: *La trayectoria dramática de Antonio Buero Vallejo,* Universidad de Santiago de Com-
postela, Santiago, 1982.

JOHNSTON, DAVID: «Entrevista a Antonio Buero Vallejo: 'No hay burlas con el tiempo'», en *Ínsula,* 516,
1989, págs. 25-26.

LÓPEZ NEGRÍN, FLORENTINO: «Buero: no hay juegos
con el tiempo», en *El Independiente,* 24 de septiembre
de 1989, pág. 44.

LÓPEZ SANCHO, LORENZO: «Muy de hoy y sin embargo
eterna, la música de "Música cercana", de Buero en
Maravillas», en *ABC,* 24 de septiembre de 1989, pá-
gina 105.

LUIS, LEOPOLDO DE: «La música y la ventana», en *La
semana de Castilla-La Mancha,* Suplemento del diario
Lanza, Ciudad Real, 10 de diciembre de 1989, pági-
na 21.

MATHIAS, JULIO: *Buero Vallejo,* EPESA, Madrid, 1975.

MÉNDEZ MOYA, ADELARDO: «La música en Buero Vallejo», en *A TEMPO,* núm. 6, diciembre-enero de
89/90, Universidad de Málaga, págs. 37-51.

MÉNDEZ MOYA, ADELARDO: «Una tragedia de nuestro
tiempo. "Música cercana" de Buero Vallejo», en *Ca-
nente,* núm. 6, noviembre de 1989, págs. 64-78.

MÜLLER, RAINER: *Antonio Buero Vallejo. Studien zum
Spanischen Nachkriegstheater,* Universidad de Colonia, Colonia, 1970.

NICHOLAS, ROBERT L.: *The tragic stages of Antonio
Buero Vallejo,* Estudios de Hispanófila, University of
N. Carolina, 1972.

OLIVA, CÉSAR: «Escenario oblícuo. "Música cercana": toda una lección», *La Verdad,* Murcia, 12 de septiembre de 1989, pág. 52.

PACO, MARIANO DE, ed.: *Estudios sobre Buero Vallejo,* Universidad de Murcia, Murcia, 1984.

PACO, MARIANO DE, ed.: *Buero Vallejo (Cuarenta años de teatro),* Caja de Murcia, Murcia, 1988.

PAJÓN MECLOY, ENRIQUE: *Buero Vallejo y el antihéroe. Una crítica de la razón creadora,* Madrid, 1986.

PUENTE SAMANIEGO, PILAR DE LA: *A. Buero Vallejo. Proceso a la Historia de España,* Universidad de Salamanca, Salamanca, 1989.

RUGGERI MARCHETTI, MAGDA: *Il teatro di Antonio Buero Vallejo o il processo verso la verità,* Bulzoni, Roma, 1981.

RUPLE, JOELYN: *Antonio Buero Vallejo. The first fifteen years,* Eliseo Torres & Sons, Nueva York, 1971.

VERDÚ DE GREGORIO, JOAQUÍN: *La luz y la oscuridad en el teatro de Buero Vallejo,* Ariel, Barcelona, 1977.

MÚSICA CERCANA

FÁBULA EN DOS PARTES

Esta obra se estrenó en el Teatro Arriaga del Bilbao el 18 de agosto; en el Teatro Victoria Eugenia de San Sebastián el 5 de septiembre, y en el Teatro Maravillas de Madrid el 22 de septiembre de 1989, con el siguiente

REPARTO

(Por orden de intervención)

ALFREDO	*Julio Núñez.*
SANDRA	*Lydia Bosch.*
LORENZA	*Encarna Paso.*
JAVIER	*Miguel Ayones.*
RENÉ	*Fernando Huesca.*
ISOLINA	*Estela Alcaraz.*

En nuestro tiempo
Derecha e izquierda las del espectador

Dirección: GUSTAVO PÉREZ PUIG.
Escenografía: FRANCISCO NIEVA.

NOTAS

Los personajes y el argumento de esta obra son ficticios. Cualquier posible semejanza con personas y acontecimientos reales será casual y no debe entenderse como alusión a ellos.

El vídeo que juega en la obra es de elaboración difícil. Si se pudiese lograr satisfactoriamente su realización, estaría conectado con una gran pantalla situada en la pared del fondo.

Los fragmentos encerrados entre corchetes fueron suprimidos en las representaciones.

LA ESCENA

Entradas y salidas, en el primer término de ambos laterales, del espacio libre que corre a lo largo del proscenio. Rodeando todo el ámbito escénico, cámara gris. Un saloncito sin techo ocupa la mayor parte del escenario; sólo en sus dos laterales, algo abocados, y acaso en la parte izquierda de su fondo, llegan las paredes hasta su normal altura. La del fondo presenta sobrias quebraduras rectilíneas: alta a su izquierda, pronto rompe oblicuamente y baja hasta metro y medio del piso, continuando horizontalmente hacia la derecha un largo trecho y volviendo a subir oblicuamente hasta el borde superior de una moderna ventana metálica de dos hojas, desde cuyo ángulo superior derecho vuelve a bajar la pared oblicuamente, recobra la horizontal a metro y medio del suelo y llega hasta el extremo de la habitación, de modo tal que la ventana viene a estar inserta en una especie de triángulo de pared truncado por arriba y descuella como especial punto de interés. Quizá quebrada asimismo en su arranque del ángulo del fondo, la pared lateral derecha llega pronto a su altura normal. En ella, librería. En el primer término del lateral izquiero de este saloncito, puerta, generalmente abierta. Un diván co-

rrido se adosa al resto de esta pared lateral y continúa
por la del fondo; ante él, una o dos mesas bajas de cristal
con sus ceniceros, cigarreras, revistas y algún florero.
Entre el diván y la ventana, mesita con teléfono y pantalla eléctrica. Bajo la ventana, el mueble bar; en el ángulo derecho de la habitación, otra pantalla eléctrica más
alta. Cercanos al primer término y hacia la derecha, tres
silloncitos y un velador, ante los cuales y de espaldas al
proscenio descansa un aparato transportable de televi-
sión y vídeo cuya escasa altura permite ver sin dificultad
a quienes frente a él se sienten. Cuadros y grabados va-
liosos por las paredes; en lugar adecuado, alguna fina
estatuilla moderna. El conjunto de la estancia denota
riqueza dentro de su sobriedad y parece pertenecer a un
piso antiguo convenientemente remozado.

El borde del primer término derecho del saloncito em-
palma con un vasto lienzo de muro casi frontal que
abarca buena parte del resto de la escena hasta el lateral
derecho y que configura un espacio diferente. Un breve
sofá y mesita con teléfono de góndola apenas dibujan el
impersonal ambiente, tan propio del rincón de alguna
oficina como de un discreto salón de té. Sobre el sofá,
cubre el muro un cuadro gráfico de gran tamaño repleto
de rótulos, números, coordenadas y ascendentes líneas
de colores, indicativos de la marcha de una empresa;
gráfico que puede deslizarse y desaparecer. Cuando ello
sucede se descubre un ventanal de tamaño igual al del
gráfico, tras el que brilla el despliegue de un tupido verdor vegetal.

Más allá de la recortada pared del fondo, la insinua-
ción de un patio vecinal; a alguna distancia, ancho muro
fontero en el centro del foro que se pierde en lo alto.
Iluminado a veces por el sol oblicuo que hasta él llega,
resalta como una extraña aparición rectangular, pues, en

la desnuda claridad de su superficie un tanto descon-
chada, sólo se divisa una ventana de antigua persiana
enrollada y de viejas maderas, provista de espesos visillos. Situada en medio del muro y a altura algo mayor
que la correspondiente a la ventana del saloncito, no se
halla frente a ésta sino algo más a la izquierda, por lo
que su visibilidad, facilitada por el recorte en la pared
de la habitación principal, es completa desde cualquier
punto de observación.

La disposición escénica aquí esbozada es simple, pero
podría ser muy otra; sea cual fuere, siempre habrá de
mostrar visible la ventana frontera del viejo patio y quizá
algo más cercana su apariencia de la que presentaría a
la distancia normal, como si la aproximase alguna subjetiva obsesión.

PARTE PRIMERA

(Antes de iluminarse la escena cobra fuerza el adagio,
ya empezado, del Concierto n.° 1 en sol mayor, para
flauta y orquesta, de Mozart, cuyos sones vanse amortiguando a medida que una fría luz vagamente lunar va
creciendo sobre la ventana del patio. Casi al tiempo
emerge de la oscuridad el aparato de vídeo, que está
funcionando y proyecta su lívida claridad sobre las tres
personas que lo miran. Sandra, una atractiva joven al
filo de los veinticinco años trajeada con desenfadadas
ropas, está indolentemente sentada en el silloncito de la
izquierda. En el contiguo se halla Lorenza: mujer de
unos sesenta y cinco años bien llevados, vestida con so-
bria ropa casera, que mira al vídeo un tanto envarada.
De pie y tras ellas, Alfredo: cincuenta y seis años, finos
y cuidados cabellos grises, buen porte, fisonomía sonriente y agradable. Viste pantalón de color claro, elegante chaqueta de punto, y tiene un vaso en la mano.
Espiando la impresión que el vídeo causa en las dos mujeres, bebe un sorbo. El vídeo llega a su final y se detiene. La luz se vuelve al tiempo la de una límpida
mañana; en el muro del patio, luz solar y azulada sombra
oblicua. La música es ya muy tenue.)

ALFREDO.—¿Retrocedemos? Hasta los veinte años, por ejemplo.

SANDRA.—*(Cavilosa.)* No hace falta.

ALFREDO.—Entonces rebobino. *(Lo inicia con el mando a distancia, que deja luego sobre el aparato. Da un paseíto y disimulando su sonrisa, se vuelve y mira a* SANDRA.*)* ¿Qué te ha parecido?

SANDRA.—No sé.

ALFREDO.—*(Va hacia la ventana.)* ¿Y a ti, mami Lorenza?

LORENZA.—*(La pregunta le parece improcedente.)* ¿A mí? *(*ALFREDO *deja el vaso en el mueble bar.)*

SANDRA.—No acabo de entender qué pretendes con ese vídeo.

ALFREDO.—*(Ríe.)* Divertirme. *(Breve pausa. Mira por su ventana.)* Alguien toca muy buena música. ¿La oís?

LORENZA.—Apenas. *(El adagio mozartiano termina en ese momento.)*

ALFREDO.—Vaya. Se terminó. *(Aguza el oído.)* ¿O no?

SANDRA.—Sí.

ALFREDO.—Aun con las ventanas cerradas se oye algo. Ese tocadiscos debe de estar cerca. ¿No lo oyes tú a veces, mami?

LORENZA.—*(Seca.)* Sí, señor. A veces. *(Se levanta y va a la ventana. La abre un poco, escucha y vuelve a cerrar.* SANDRA *enciende un cigarrillo.)*

ALFREDO.—Pronto empezará el calor… Menos mal que el piso es fresco. *(Ríe.)* ¡A lo mejor ni veraneo!

SANDRA.—*(Ingratamente sorprendida.)* ¿Vas a quedarte aquí?

ALFREDO.—¿Por qué no?

SANDRA.—En la finca lo pasarías mejor. *(Mira su reloj con alguna impaciencia.)*

ALFREDO.—Pero sin mi taller. Y después de haberlo instalado aquí, no es cosa de volverlo a llevar a la finca.

LORENZA.—Con no haberlo traído...

ALFREDO.—Ahora hay más servicio en la casa y tú no tienes que limpiarlo. No dirás que te estorba.

LORENZA.—*(Sonrisa mordaz.)* A mí no.

ALFREDO.—¿Entonces?

LORENZA.—Pero a la niña sí.

ALFREDO.—¿Estás loca?

LORENZA.—¿Yo? Usted es el loco. Completamente *crazy*. Con permiso. *(Va a salir.)*

ALFREDO.—¿Otra vez con tu inglés? *(Ella se detiene y reanuda la marcha.)* ¡Espera! (LORENZA *vuelve a pararse.* ALFREDO *se acerca a ella.)* ¿Por qué le van a estorbar mis chismes a Sandrita? *(A* SANDRA.*)* ¿Verdad que no te estorban?

SANDRA.—¿El taller? No.

ALFREDO.—*(Risueño, a* LORENZA.*)* ¿Lo oyes?

LORENZA.—*(Risueña.)* No se me haga el tonto, que no lo es.

ALFREDO.—*(Conteniendo la risa.)* ¿Qué te parece, SANDRA? Loco, tonto... Mami Lorenza la deslenguada. *(A* LORENZA.*)* Antes me tenías más respeto...

LORENZA.—Antes se estaba usted en la finca, o en sus viajes, y nosotras aquí tranquilitas.

SANDRA.—¿Queréis callaros? *(Nerviosa, se levanta fumando y vuelve a mirar su reloj. Breve silencio.)*

ALFREDO.—Punto en boca. *(Mientras recoge su vaso para volver a servirse.)* ¿No tienes nada que hacer por ahí, mami?

LORENZA.—Ahora no me da la gana de irme.

SANDRA.—*(Le afea sus palabras.)* ¡Mami!

ALFREDO.—*(Vuelve a reír.)* ¡No tiene remedio!

LORENZA.—¿Por qué ha venido a vivir con nosotras? (SANDRA, *que paseaba, se detiene y mira a su padre.*)

ALFREDO.—(*Serio.*) Olvidas que este piso es mío...

LORENZA.—Se lo dejó a su hija hace más de dos años. Pero no diga a qué ha venido. No hace falta. (ALFREDO *la mira fijamente y bebe.* SANDRA *se sienta en el diván y lo observa.*)

ALFREDO.—Dos años sin verte apenas, Sandrita. Y tu hermano lleva todos los asuntos perfectamente. ¿Por qué no intentar una vida más reposada... contigo al lado de nuevo?

LORENZA.—En su antigua casa.

ALFREDO.—(*Por* SANDRA.) Si ella no hubiese venido aquí, yo tampoco me habría trasladado.

LORENZA.—Y con usted, más criados, y visitas, y gorilas. Y todo el piso patas arriba.

ALFREDO.—(*Afable.*) No me riñas, mami...

SANDRA.—Tienes que entenderlo, papá. Tú no puedes escapar ya de tus cosas. Pero yo sí.

ALFREDO.—Hija, me faltabas tú. Si hubieras estudiado ciencias empresariales... (SANDRA *lo interrumpe con una estridente carcajada, se levanta y cruza.*) No te rías. Al fin y al cabo, de ellas vives.

SANDRA.—(*Se acerca a él.*) Yo vivo de otras cosas.

ALFREDO.—Querrás decir (*Recalca.*) para otras cosas. ¡Y lo entiendo muy bien! Ese mismo vídeo no está tan lejos de todo lo que a ti te interesa.

SANDRA.—¿Ese vídeo?

ALFREDO.—Sí.

SANDRA.—(*Despectiva.*) Física recreativa.

LORENZA.—No pongas motes a las cosas, niña. Ganas de enredar y nada más. (*Va a salir y se detiene al oír a* ALFREDO.)

ALFREDO.—¡Conforme! Un capricho y muy torpe. *(A* SANDRA.*)* Pero a que te interesa, ¿eh?

SANDRA.—*(Mientras se le acerca despacio.)* No sé si no me interesa. Sé que no me gusta.

LORENZA.—Es un horror.

ALFREDO.—Es... como un documento. Sin terminar, claro. Hasta hoy nada más.

SANDRA.—Un documento inútil... *(*LORENZA *asiente repetidas veces.)*

ALFREDO.—*(Sonríe.)* Pues pensaba hacer otro parecido contigo.

SANDRA.—*(Airada.)* ¿Qué?

ALFREDO.—De ti tengo mejor material... Más fotos.

SANDRA.—¡Ni lo sueñes! *(Le vuelve la espalda y va a sentarse, tras un seco golpe sobre el aparato, en uno de los silloncitos. El primer término de la derecha se iluminó poco antes y entra* JAVIER, *que empieza a marcar en el teléfono de la mesita. Es hombre de unos treinta años y aire resuelto, con el brillante cabello bien planchado. Viste un terno claro de correcto ejecutivo. El teléfono de la salita empieza a sonar.* LORENZA *va a marcharse.)* No te vayas, mami Lorenza. *(*ALFREDO *descuelga.)*

LORENZA.—*(A media voz.)* Por si viene el señorito René...

SANDRA.—Ya le abrirán. *(Con un suspiro,* LORENZA *cruza las manos y aguarda.)*

ALFREDO.—Diga.

JAVIER.—Papá.

ALFREDO.—*(A* SANDRA.*)* Tu hermano. Hola, hijo. Dime.

JAVIER.—Hay asuntos importantes.

ALFREDO.—¿Cuáles?

JAVIER.—Es para hablarlo.

ALFREDO.—¿Corren prisa?

JAVIER.—¡Claro que sí! Tienes que venir mañana al consejo en el banco.

ALFREDO.—Ve tú en mi representación.

JAVIER.—No sin hablar antes contigo. ¿Vendrás?

ALFREDO.—¿Por qué no resuelves tú? Tienes la firma.

JAVIER.—Así que no quieres venir. Pues ahora mismo voy a verte.

ALFREDO.—Pero oye...

JAVIER.—¡Adiós! *(Cuelga y sale por la derecha. El rincón vuelve a oscurecerse.)*

ALFREDO.—*(Cuelga y sonríe.)* Nunca quiere resolver nada sin consultarme.

SANDRA.—¿Va a venir?

ALFREDO.—Eso parece. ¿A qué hora llega tu maestrito?

SANDRA.—*(Consulta su reloj.)* No tardará. El avión debió tomar tierra hace hora y media.

ALFREDO.—Entonces entro a cambiarme. *(Avanza para salir y se detiene. Con sorna.)* Me pregunto para qué necesitabas un profesor particular de literatura, con todo lo que sabes de eso.

SANDRA.—¡Papá, René vale muchísimo! Ya lo conocerás. Te va a asombrar.

ALFREDO.—¿Cuánto tiempo lleva dándote clase?

SANDRA.—Un año, más o menos.

ALFREDO.—Algo más, creo...

SANDRA.—*(Inmutada.)* Sí... Puede ser. (ÁLFREDO *va a salir.)* ¿No te llevas la casete?

ALFREDO.—Déjala ahí de momento. *(Al pasar junto a* LORENZA *le da un afectuoso cachetito.)* Hasta ahora, gruñona. *(Sale por la izquierda.* SANDRA *se levanta con viveza y tira del aparato.)*

SANDRA.—¡Ayúdame! Aquí es un estorbo. *(LO-RENZA empuja por el otro lado.)*

LORENZA.—¿Este chisme o tu padre?

SANDRA.—*(Se detiene y ríe.)* ¡Los dos! Ya ves que son la misma cosa. *(Sin que se vea la pantalla del aparato lo apartan hacia la derecha.)*

LORENZA.—Está loco.

SANDRA.—Lo único en que estamos de acuerdo Javier y yo. Loco.

LORENZA.—Pero no de atar. Si lo conoceré yo. Menudo *fox.*

SANDRA.—¿A qué rayos ha tenido que venir aquí como el que se retira a un monasterio? ¡Y el cariño que le ha tomado a esta habitación, como si no sobraran en la casa! *(LORENZA asiente con un gruñido.)* Precisamente la que nos gustaba a René y a mí para trabajar. ¡Qué desastre!

LORENZA.—Fue su habitación de muchacho.

SANDRA.—¡Pero ya no está igual que entonces!

LORENZA.—*(Echa a andar.)* Bueno, niña. Si ya no te hago falta...

SANDRA.—*(Pensativa.)* Oye, mami. ¿Tú crees que mi padre sospecha...?

LORENZA.—*(Que se ha detenido.)* Ni lo dudes. Ya antes de venir aquí te tenía vigilada. *(SANDRA va de un lado a otro, impaciente.)*

SANDRA.—*(Asiente.)* ¡Y ahora, más aún! *(Se detiene.)* Mami Lorenza, voy a decirte algo que no sabes.

LORENZA.—*(Se acerca.)* ¿El qué?

SANDRA.—*(Después de escuchar hacia la izquierda, la trae al primer término.)* Él accedió a que me fuera de la finca para vivir a mi aire... Pues lo siento, pero no lo va a impedir. *(Baja la voz.)* Me he comprado otro piso.

LORENZA.—¿Otro piso?

SANDRA.—¡Tengo mi dinero y mi libertad! Mi padre va a aprender de una vez que mi vida no es la suya. ¡Que no intente ahora cortarme las alas! No le he dicho nada todavía, pero en cuanto me terminen de arreglar el nuevo piso, me marcho. ¡Ése no será suyo sino mío! *(Efusiva, abraza y besa a* LORENZA.*)* ¡Y tú conmigo, mami!

LORENZA.—Pero no te hagas ilusiones. ¿Tú crees que él no sabe nada de esa compra?

SANDRA.—La he hecho con la mayor discreción.

LORENZA.—¡Ja! Como si no le sobrase gente a sueldo. No seas mema, niña. Ni un paso das sin que te sigan.

SANDRA.—*(Sonríe.)* Sé darles muy bien el esquinazo. *(Y se aparta, para tomar y encender otro cigarrillo.)*

LORENZA.—Pues yo apuesto a que tu padre sabe ya hasta la calle y el número.

SANDRA.—*(Se vuelve.)* ¡Aunque los sepa, tendrá que acostumbrarse a mi independencia! Soy mayor de edad y él no tiene derecho a rodearme de espías.

LORENZA.—Que te protejan no está mal...

SANDRA.—*(Risueña, se acerca.)* Mami, él no va a poder conmigo. Todo saldrá bien.

[LORENZA.—*(Sin convicción.)* Ojalá.

SANDRA.—*(Entre risas, la vuelve a abrazar y besar.)* ¡Ya lo verás!]

LORENZA.—¿Sabe el señorito René lo del nuevo piso?

SANDRA.—Todavía no. Hoy mismo se lo digo. *(Sin que ellas lo adviertan,* RENÉ *ha aparecido en la puerta.*

Frisa en los treinta años. Ropa juvenil, sin estridencias.
Trae una cartera de cuero. En su voz, el leve acento
de algún indeterminado país iberoamericano, casi per-
dido ya pero en el que subsiste el pertinaz seseo.)

RENÉ.—¿Qué es lo que hay que decirme hoy mismo?

SANDRA.—¡René! *(Corre a echarse en sus brazos,*
mientras él tira su cartera sobre el diván y avanza.
SANDRA *lo besa repetidamente y él a ella;* LORENZA
les da la espalda con media sonrisa. La pareja se se-
para sin soltarse las manos.)

RENÉ.—*(Vuelve un poco la cabeza sin dejar de mi-*
rar a SANDRA.) Hola, doña.

LORENZA.—Buenos días, señorito. Menos mal que
ha vuelto.

RENÉ.—¿Menos mal por qué?

LORENZA.—Porque la niña estaba inaguantable.

SANDRA.—*(Avergonzada.)* ¡Mentirosa!

LORENZA.—Sí, sí, mentirosa. ¿Les preparo algo?

RENÉ.—*(A* SANDRA.) He intentado abrir con mi
llave, pero habéis cambiado la cerradura. *(Suspicaz.)*
¿Y quién es ese tipo que me ha abierto y me ha pre-
guntado mi nombre?

SANDRA.—Ahora te explico. El servicio ha aumen-
tado. *(Lo lleva de la mano a los silloncitos, donde se*
sientan.) ¡Qué dos meses interminables, René! ¿No se
te han hecho muy largos a ti también? *(Encantadísi-*
ma, LORENZA *va al mueble bar.)*

RENÉ.—*(Sonríe.)* Nos hemos telefoneado a menudo...

SANDRA.—Pero sin vernos.

LORENZA.—*(A media voz, temiendo molestarlos.)*
¿Les preparo algo? *(No le hacen caso.)*

SANDRA.—¿Salió todo bien?

RENÉ.—Muy bien. Dos comités en marcha de ayuda a mi país, cada uno con su boletín. Y las suscripciones, en aumento. Hay gente estupenda por ahí. Tuve que dar un saltito a París...

SANDRA.—No me lo dijiste.

RENÉ.—Sólo eran dos días. Fui a gestionar del comité europeo un libramiento para alquilar una de las oficinas... Están muy pobres en esa zona.

SANDRA.—René, tú sabes que yo puedo...

RENÉ.—No, Sandra. Tú ya nos has dado demasiado. ¡Bien! ¡Y ahora, a volver a nuestras clases! *(Se levanta.)* Te he traído un vídeo sensacional sobre Rabelais. ¿Quieres verlo? *(Va al aparato y se dispone a quitar la casete que lo ocupa.)* Lo tengo en la cartera.

SANDRA.—¡Espera! Ése no lo quites aún. Mi padre ha dicho que lo dejemos ahí.

RENÉ.—¿Tu papá?

LORENZA.—*(Impaciente.) Fucking hell!* ¿Quieren beber algo? ¿O les traigo un café calentito?

RENÉ.—*(Deniega.) Thank you,* doña.

LORENZA.—No me hable en inglés. Aquí se habla castellano. *(Los dos jóvenes ríen.)*

RENÉ.—*Excuse my.* Digo, perdón. *(A* SANDRA.*)* ¿Qué me decías de tu papá? ¿Está aquí?

SANDRA.—No quise decírtelo por teléfono..., por si la cosa era pasajera y se iba.

RENÉ.—¿Vive con vosotras?

SANDRA.—Vino a los tres días de irte tú. Y aquí sigue.

LORENZA.—*Fucking pest!*

SANDRA.—Que si estaba harto de la finca y de tanto ajetreo... y que ya era hora de volver a tenerme a su lado... en un piso tranquilo como éste.

LORENZA.—¡En el que se acabó la tranquilidad!

SANDRA.—¿Qué podía yo hacer? El piso es suyo. No has podido abrir porque ha blindado la puerta; ahora te daré las nuevas llaves. Y ha instalado un taller con dos ordenadores, con cámaras de cine y de vídeo, ampliadoras, mezcladoras, qué sé yo.

RENÉ.—Pasatiempos de ricos... Todos ellos juegan ahorita con los ordenadores, igual que sus bebés.

SANDRA.—Pues su último juego es ese vídeo que nos acaba de enseñar a las dos.

LORENZA.—¡Feísimo!

SANDRA.—¡Y no se va! *(Baja la voz.)* Conque nos tendremos que ir nosotros. He comprado un piso y me lo están terminando de arreglar. ¡Es precioso, te va a gustar! Pronto se lo diré y nos iremos.

RENÉ.—*(Pensativo, vuelve a sentarse.)* ¿Habrá venido porque quiere vigilarnos?

LORENZA.—Eso ya lo hacía sin tener que venir aquí.

RENÉ.—*(Asiente.)* Y Sandra y yo lo hemos notado. Pero ¿entonces?...

SANDRA.—Manías suyas.

RENÉ.—O un intento de separarnos.

SANDRA.—Sabe que no podrá conmigo. Y me da la sensación de que... realmente... me necesita.

RENÉ.—¿Usted qué piensa, doña?

LORENZA.—Que sí. Que aquí hay cosas que le faltan. Y a la niña la quiere a cegar...

RENÉ.—¿Hasta abandonar sus asuntos?

LORENZA.—Él nunca abandona nada.

SANDRA.—*(Se levanta, nerviosa, y enciende otro cigarrillo.)* Y asegura que está deseando conocerte.

LORENZA.—No se fíe. También le ha dicho a la niña que no le hacía falta ningún profesor particular.

SANDRA.—Era un comentario trivial, mami...

LORENZA.—Era lo que él piensa. *(Muy sonriente, aparece el padre en la puerta impecablemente vestido.)*

ALFREDO.—Buenos días.

RENÉ.—*(Se levanta.)* Buenos días, señor.

ALFREDO.—*(Avanza con la mano tendida.)* Así que usted es René.

RENÉ.—Sí, señor. Para servirle. *(Se estrechan las manos.)*

ALFREDO.—¿Puedo ofrecerle algo?

LORENZA.—No quiere nada, don Alfredo.

ALFREDO.—¡Un whisky nunca viene mal, mujer! Y yo voy a tomar otro. *(A RENÉ.)* ¿Hace?

RENÉ.—Como usted guste, señor. *(LORENZA se precipita hacia el fondo.)*

ALFREDO.—*(La detiene con la mirada.)* No te molestes. Los serviré yo.

SANDRA.—*(Nerviosa.)* O yo. Sé cómo lo queréis los dos y a mí también me apetece.

ALFREDO.—Gracias, hija.

LORENZA.—*(Vejada.)* Con permiso. *(Para sí.)* Tyrant! *(Sale aprisa por la izquierda.)*

ALFREDO.—*(Riendo.)* ¡Ya se ha enfadado! Es muy servicial, pero algo mandona. Figúrese. Mi pobre mujer falleció de sobreparto y ella crió a Sandrita.

RENÉ.—Y por eso le llaman mami...

ALFREDO.—Se lo merece. Ha cuidado de Sandra hasta en Inglaterra.

RENÉ.—Lo sé. Me lo dijo cuando me soltó una palabra inglesa.

ALFREDO.—Alguna palabrota sería. Allí no aprendió precisamente la lengua de Milton sino la de los mercados.

RENÉ.—A mí me parece... Discúlpeme, señor. Me parece un personaje de teatro.

ALFREDO.—¿Ella?

RENÉ.—Sí. ¿Cuántas veces no habremos visto en la escena amas respondonas? Desde las nodrizas de la tragedia griega, más de ciento. Y es que son muy reales. Y siempre descaradas.

ALFREDO.—¡Es cierto! ¿Por qué será? *(Preparando las bebidas,* SANDRA *no pierde palabra.)*

RENÉ.—Acaso... porque así alivien su condición de siervas y los amos se lo permitan para disfrazarla. *(Breve silencio.)* Perdón. Hablo en general.

ALFREDO.—Pero con sagacidad, sí, señor.

SANDRA.—*(Encantada, a su padre.)* ¿No te lo dije?

ALFREDO.—¡Siéntese, por favor! Aquí estaremos bien. *(Indica el diván.)*

RENÉ.—Gracias. *(Se sienta y* ALFREDO *lo hace a su lado.)*

ALFREDO.—Yo les molestaré poco. Cuando no estoy entre mis aparatos me gusta, eso sí, pasar algún rato en mi antiguo cuarto de niño. Pero ustedes pueden trabajar en el salón o en la terraza...

RENÉ.—Como usted disponga, señor.

ALFREDO.—¡No, no! A gusto de ustedes. Pueden dar sus clases aquí si lo prefieren... *(A* SANDRA, *que se acerca con los tres vasos.)* Las dais por la tarde, ¿no?

SANDRA.—A veces, también por la mañana. *(Deja los vasos sobre la mesa y se sienta.)*

ALFREDO.—¡Salud!

RENÉ.—Salud. *(Beben.)*

ALFREDO.—¿Da usted alguna otra clase particular?

RENÉ.—Sí. Es casi mi único medio de vida.

ALFREDO.—Pero recibirá alguna mensualidad de sus padres...

RENÉ.—*(Sonríe.)* Hace años que no pueden mandármela.

SANDRA.—Papá, sabes muy bien cómo están ahora en su país.

ALFREDO.—¡Claro, perdóneme! Si seré tonto. ¿Qué tal lo ha encontrado en este viaje? ¿Mejora algo aquello?

SANDRA.—Es a dos de nuestras provincias a donde ha ido, papá.

ALFREDO.—¡Ah, no sabía! ¿A dar otras clases?

RENÉ.—*(Duda de si es broma.)* No, señor. A trabajar por mi país.

SANDRA.—No creo que haya por qué hablar de esas cosas, René.

RENÉ.—¿Y cómo no? Nada tengo que ocultar. Don Alfredo, yo vine a España a estudiar mi carrera cuando mi padre podía costeármela y antes de que acabase la dictadura.

ALFREDO.—¿La nuestra?

RENÉ.—*(Ríe.)* Bueno, las dos. Cuando la nuestra cayó me ofrecí de inmediato, pero me dijeron que siguiese acá. Y desde entonces no he regresado.

ALFREDO.—Ha hecho usted muy bien. Aquello debe de ser durísimo. Aquí, en cambio...

RENÉ.—Se vive mejor, desde luego. Pero no me he quedado por eso.

ALFREDO.—Ni yo digo tal cosa... ¿Me permite una pregunta indiscreta? [Sospecho que la respuesta es «no».]

RENÉ.—Adelante.

ALFREDO.—¿Es usted comunista?

SANDRA.—¡Papá!

ALFREDO.—¡Sandra, yo no tengo prejuicios! No me asusta esa palabra. Además, yo no soy político. La política es una engañifa. A mí me basta con crear riqueza y puestos de trabajo... *(A* RENÉ.*)* No conteste si no quiere. Perdone.

RENÉ.—*(Que se ha erguido, serio.)* Tendríamos que aclarar primero el significado de esa palabra para usted. Yo me limitaré a decirle que en mi país las cosas tenían que cambiar y que estoy con ese cambio. Porque inquirir qué es o qué no es uno es la pregunta más difícil... Ningún hombre sabe a fondo qué es.

ALFREDO.—*(Riendo, le palmea en un muslo.)* ¡Fantástico! ¡Ésa sí que es la gran pregunta! Yo me la hago todos los días. ¿Qué soy yo? ¿Cómo soy?

RENÉ.—Y yo, señor. Pero eso no me impide actuar como si lo supiera.

ALFREDO.—¡Ni a mí! *(Lo piensa mientras lo mira y se decide.)* Le voy a enseñar algo. *(Risueño, se levanta y va hacia el vídeo.)* Me divierto aquí con mis pequeños experimentos, ¿sabe? Como un niño.

SANDRA.—*(Sorprendida.)* ¿Le vas a enseñar...?

ALFREDO.—¿Por qué no? Parece que él puede entenderlo. *(Restituye a su anterior lugar el aparato.)* ¡Venga, siéntese aquí! ¡Y traiga su vaso! Quiero que vea el vídeo que he grabado. *(Los dos jóvenes se miran.* RENÉ *se levanta con su vaso y va a sentarse ante el vídeo.* SANDRA *se levanta y pasea, un tanto desazonada.* ALFREDO *recoge el mando a distancia.)* Es imperfecto. Y muy corto; me faltaba material. Con los ordenadores y con un dibujante muy bueno que busqué he procurado llenar huecos... No mucho, porque no quería falsear la realidad. Pero había que lograr la continuidad, incluso retocando iluminaciones... y ajustar foto por foto a una misma dimensión aparente... Un trabajo de chinos. Desde luego incompleto. Falta el futuro.

RENÉ.—¿Qué futuro?

ALFREDO.—El mío, naturalmente. *(Ríe.)* Ahora lo comprenderá. ¡Siéntate aquí, Sandrita! ¿No quieres volverlo a ver?

SANDRA.—*(Fría.)* Bueno. *(A desgana, se sienta junto a* RENÉ.*)*

ALFREDO.—*(Risueño, pero grave.)* Es como una comedia cortísima. O como un cuento raro, difícil de entender. Usted es profesor de literatura; desentráñelo si puede. Es el monólogo de un solo personaje, pero inmóvil y mudo.

RENÉ.—¿Mudo?

ALFREDO.—Y quieto. Hoy se elaboran vídeos artísticos de cosas irreales llenas de entonaciones y movimientos muy bien logrados. Éste es al revés. El objeto no se mueve, pero es real. Y cambia.

RENÉ.—Interesante.

ALFREDO.—¿Sí? A mi hija le parece decepcionante.

SANDRA.—Yo no he dicho eso.

ALFREDO.—Pero lo piensas, y quizá tengas razón. Ahora apenas es nada. Pero mañana... podría ser un juego apasionante para muchos. ¡Y hasta patentable!

RENÉ.—¿Lo vemos?

ALFREDO.—¡Ahora mismo! *(Acciona el mando y se sitúa tras ellos. Jocoso.)* ¡Arriba el telón! *(La luz desciende suavemente y se trueca en una azulada iluminación que parece emanar del aparato y vuelve pálidas las caras, mientras la estancia se envuelve en fría penumbra. Subsiste la claridad, ahora lunar, sobre la ventana del patio. Hablan a media voz.)*

RENÉ.—*(Sorprendido.)* ¿«El tiempo en mis manos»?

ALFREDO.—Por ponerle algún título... *(Miran los tres.)*

RENÉ.—Un niño de pecho...

SANDRA.—Mi padre.

RENÉ.—¿Y esa fecha que ha pasado?

ALFREDO.—La de mi nacimiento. Hay algunas más.

RENÉ.—Siempre de busto y siempre de frente...

ALFREDO.—Y de igual tamaño. He intentado captar el cambio paulatino de la misma persona.

RENÉ.—De usted.

ALFREDO.—De mí.

RENÉ.—¿No ha habido un pequeño salto?

ALFREDO.—No es el único. La continuidad no era fácil. Ni siquiera con la ayuda de mi dibujante, porque yo no quería mentir. Por eso mantengo a veces el mismo fotograma durante unos segundos, para que el vídeo no sea demasiado corto. *(Pausa. Están mirando.)* ¿Ve? En el ángulo inferior, el número catorce. Los catorce años. *(Apagadas y lejanas, comienzan las notas del alegro correspondiente al Quinteto para clarinete y cuerda, en sí menor, de Brahms.)*

ALFREDO.—De nuevo la buena música...

RENÉ.—A veces suena en la vecindad. ¿Verdad, Sandra?

SANDRA.—Sí.

RENÉ.—*(A ALFREDO.)* ¿O es de la cinta?

ALFREDO.—No. Viene del patio.

RENÉ.—Más números...

ALFREDO.—Puedo detenerme donde quiera. *(Acciona.)* ¿Lo ve? Y retroceder. O variar la velocidad. *(Jovial.)* ¡El tiempo en mis manos!

RENÉ.—Prosiga, por favor. *(ALFREDO acciona el mando.)*

ALFREDO.—*(Tras unos instantes.)* ¿Lo va comprendiendo? Es como esas películas donde vemos en unos momentos el crecimiento de una flor hasta su plenitud.

RENÉ.—O hasta que vuelve a cerrarse la corola...

ALFREDO.—¡Eso es! Yo ahí no me muevo, pero mis rasgos se modifican velozmente. Una vida comprimida en pocos minutos. (*Bruscamente,* SANDRA *se levanta.*)

SANDRA.—Perdón. (*Bajo la risueña mirada de su padre, opta por justificar su huida del vídeo volviendo a llenar su vaso, del que bebe después con desasosiego.*)

ALFREDO.—Les estoy cansando. Aumentaré el ritmo. (*Manipula el mando*). Los años vuelan... Crecen la arrugas... (*Breve pausa.*) ¡Y fin! (*Apaga el aparato.*) Por ahora, claro. (*Deja el mando sobre el vídeo. La luz vuelve despacio a su anterior estado. La música sigue sonando.*) ¿Más whisky?

RENÉ.—(*Pensativo, continúa sentado.*) No, gracias. (ALFREDO *recoge su vaso de la mesa y bebe un poco.*)

ALFREDO.—¿Qué le ha parecido? (SANDRA *se desplaza y enciende otro cigarrillo.*)

RENÉ.—La continuidad está muy lograda... Llega a impresionar.

ALFREDO.—¿De veras? (*A* SANDRA.) Fumas demasiado, hija. Deberías tasarte los cigarrillos. (*Ella emite un leve gruñido y suelta otra briosa bocanada.*)

RENÉ.—¿Cómo se le ocurrió este experimento?

ALFREDO.—(*Se acerca a* RENÉ.) No lo sé. Por distraerme.

RENÉ.—Me lo ha querido enseñar cuando hablábamos de que no sabemos cómo somos. ¿Busca conocerse mejor con este vídeo?

ALFREDO.—No estoy seguro de lo que busco... Supongo que, cuando lo pare en una u otra edad, me ayudará a recordar.

RENÉ.—¿Y a retroceder?

ALFREDO.—¿Qué quiere decir?

RENÉ.—*(Se levanta lentamente.)* Usted es un hombre de acción y le tendría que importar más el futuro que el pasado. ¿Es que ahora quiere ir para atrás?

ALFREDO.—*(Lo mira fijamente.)* También el hombre de acción reconsidera el pasado para avanzar mejor. Y ese vídeo también corre hacia adelante. ¡Y a mi voluntad! Bien. ¿Qué opina?

RENÉ.—*(Caviloso.)* Sí... Tal vez. El tiempo en sus manos. Y a la vez, el deseo de rejuvenecerse... *(Sonríe.)* Lo tengo que pensar.

ALFREDO.—*(Ríe.)* ¡Y yo! Pero me gusta lo que dice. ¡Beba otro poco, hombre!

SANDRA.—Toma mi vaso si quieres. *(Se lo ofrece.)* No me apetece más. (RENÉ *lo toma maquinalmente.)*

ALFREDO.—*(La reprende, afable.)* Dale otro, niña. No seas cochina.

SANDRA.—No hay peligro. Los dos estamos sanos. *(Provocativa.)* Y lo hacemos a menudo.

RENÉ.—Pero, Sandra, tu papá...

ALFREDO.—*(Risueño.)* ¡Su padre lo comprede todo! Costumbres de la juventud. *(Vuelve a sentarse en el diván.)*

SANDRA.—*(Se encara con él.)* Y aún tienes que saber más cosas de nosotros.

RENÉ.—Sandra, ¿crees que éste es momento...?

SANDRA.—¿Por qué no?

ALFREDO.—*(Rápido.)* Ya me las dirás. Suponiendo que yo no las sepa... Ahora me interesa más escuchar a tu profesor. Merece la pena. (SANDRA *se aparta, contrariada.)* Me hablaba usted de adueñarme aún más de mi vida... *(Con gesto adusto,* SANDRA *se sienta en el diván lejos de su padre. La música se apaga suavemente.)*

RENÉ.—No. Lo decía usted.

ALFREDO.—*(Ríe.)* ¡Es verdad, lo decía yo! *(Se calla y escucha.)* Ya no se oye la música.

SANDRA.—No.

ALFREDO.—¿Y usted qué más me dice, mi joven amigo?

RENÉ.—*(Bebe un sorbo. Pasea.)* Es notable. Todos queremos conservar nuestros retratos. Nuestro pasado. ¡Que no desaparezca! Y los mayores hombres de acción, quienes más lo desean. Es cosa del ego.

ALFREDO.—¿Ha dicho ego?

RENÉ.—Sí. Desde los faraones, nada menos. Más tardes, reyes y magnates encargan sus retratos al óleo.

ALFREDO.—La vanidad... O el ego, como usted dice. Seguramente yo tampoco estoy libre.

RENÉ.—*(Lo mira.)* Después viene la fotografía y nos retratamos ya todos sin parar. Nos perpetuamos no sólo en los hijos sino en las fotos.

ALFREDO.—Como si convirtiéramos al mundo en un gigantesco archivo.

RENÉ.—Eso es. Pero faltaba el movimiento e inventamos el cine. Una manera perfeccionada de luchar contra la muerte.

ALFREDO.—¿Cómo?

RENÉ.—Sí. Conservarnos vivos, hablando y moviéndonos, puesto que vamos a desaparecer. Y ahora viene lo tremendo. Usted se para y quiere mover el tiempo mismo..., adelante y atrás..., para poseer mejor su vida. Y construye un espejo inesperado.

ALFREDO.—*(Despues de un momento.)* ¡Me gusta tu profesor, Sandrita! *(A* RENÉ.) Y me encantará seguir charlando con usted, de éstas y de otras cosas... Como usted seguirá viniendo a esta casa...

SANDRA.—*(Resuelta.)* No, papá.

ALFREDO.—¿Cómo que no?

SANDRA.—Me voy ha trasladar a un piso que he comprado. *(Silencio tenso.)*

ALFREDO.—Lo lamento. Te necesito a mi lado más de lo que piensas.

SANDRA.—*(Se levanta airada.)* ¡Lo siento, papá, pero tú tienes tu vida y yo tengo la mía! Me fui de la finca y también me iré de aquí.

ALFREDO.—*(Débil.)* ¿Pronto?

SANDRA.—Una o dos semanas.

ALFREDO.—¿Tan difícil te es vivir conmigo?

SANDRA.—Papá, no es eso... ¡No entiendes nada!

ALFREDO.—Aconséjela usted, René... Aquí está más segura.

RENÉ.—Don Alfredo, yo no soy quién para aconsejar.

ALFREDO.—*(A* SANDRA.*)* ¿Has puesto alarmas en ese otro piso?

SANDRA.—¿Pero no comprendes que es de todo eso de lo que quiero huir? ¡Y de tus aburridísimas fiestas sociales, y de todos esos niñatos que me insinúas como posibles maridos, y de tus guardaespaldas! Y aquí terminarás enrejando ventanas, seguro. ¡Pero a mí no me encerrarás entre esas rejas!

ALFREDO.—Todos debemos velar por ti. Y usted también, René.

SANDRA.—¡No! Así me marcas todavía más. ¡Ahí va la hija del riquísimo don Alfredo seguida de sus gorilas!... Es inaguantable. ¡A tu lado o lejos de ti, no va a ser ésa mi vida! Y si hay que irse aún más lejos, lo haré. *(Pausa incómoda.)*

ALFREDO.—La ciudad está erizada de peligros, hija.

SANDRA.—*(Mordaz.)* ¿Qué temes? ¿Que me secuestren? ¿Que me violen?

ALFREDO.—*(Titubeante.)* Por ejemplo.

SANDRA.—¿Que me drogue?

ALFREDO.—*(Súbitamente exaltado.)* ¡Yo no he dicho eso!

SANDRA.—¡Descuida! Tengo la cabeza muy firme. *(Breve pausa.)* No te canses, papa. Me iré.

ALFREDO.—Te noto nerviosa... Podrías hacer un crucero en el yate, invitando a los amigos que quieras...

SANDRA.—Otra cárcel.

ALFREDO.—¡Piénsalo!...

SANDRA.—Está pensado. *(Silencio. Con su flamante portafolios de piel, aparece* JAVIER *en la puerta y se detiene.)*

JAVIER.—Buenos días.

SANDRA.—Hola, Javi. *(*ALFREDO *se levanta y ella se aparta, como dando fin a la disputa con su padre.)*

ALFREDO.—¡Hola, hijo! No sé si conoces a...

JAVIER.—Sólo de vista. *(Se adelanta con la mano extendida.)* Usted es el profesor de mi hermana. Mucho gusto.

RENÉ.—El gusto es mío, señor. *(Se dan la mano.)* Me disculparán ustedes... Tengo otra clase y se me hace tarde. *(Va a recoger su cartera [y la abre.)* Te dejo el vídeo de Rabelais, Sandra. *(Lo saca y lo deja sobre la mesa.)]* Don Alfredo... Celebro conocerle.

ALFREDO.—*(Dándole la mano.)* ¡Vuelva cuando guste! Tenemos que seguir comentando... ese capricho mío.

RENÉ.—*(A* SANDRA.) ¿Esta tarde, a la hora de siempre?

SANDRA.—Claro. Pero ahora me voy contigo. Te llevo en el coche. Adiós, papá. Adiós Javi.

JAVIER.—¿No le das un beso a tu hermano, descastada? *(SANDRA sonríe sin gana y, al pasar junto a él, le concede un rutinario beso. RENÉ, que la espera en la puerta, se despide con una leve inclinación. Salen los dos. JAVIER abre su portafolios, saca un diario que deja a un lado y una carpeta que dispone sobre la mesa.)* ¿Discutíais?

ALFREDO.—*(Ha ido a la ventana y mira al patio.)* Ya conoces a Sandra. Me acaba de decir que se va a ese otro piso que ha adquirido. *(Conocedor sin duda de la adquisición, JAVIER asiente y va a hablar.)* Un momento. *(Pulsa dos o tres botones del teléfono y descuelga.)* La señorita sale ahora. No se descuiden.

JAVIER.—No debiste venir aquí.

ALFREDO.—Es nuestra niña, Javier. Y hay que cuidar de ella.

JAVIER.—Ya lo hacíamos.

ALFREDO.—Más de cerca.

JAVIER.—Si ella no se cuida...

ALFREDO.—Es que el caso es grave. Sabes que es muy suya y que nunca anduvo en amoríos. Ahora nuestros informes no engañan y coinciden en que está enamoradísima. Siendo ella como es, sospecho que un amor para toda la vida. ¡Su primer amor, por fin! Y quizá el único. Me lo explico, porque él es inteligente y simpático.

JAVIER.—Un cazadotes disfrazado de idealista. ¡Seguro! *(Mira su reloj.)* ¿De qué capricho tuyo hablabas con él?

ALFREDO.—¿Eh?... ¡Ah! De un vídeo que he terminado.

JAVIER.—Te distraerías mejor con los negocios.

ALFREDO.—No los abandono.

JAVIER.—Gracias a mí.

ALFREDO.—Es tu turno, hijo. A mí me aburren ya un poco.

JAVIER.—*(Pasea, molesto.)* ¡Pero sigues al frente, y todos los días hay que tomar decisiones!

ALFREDO.—Ya me traes tú la firma. Veamos... *(Se sienta a la mesa y empieza a firmar papeles.)*

JAVIER.—¡No basta con firmar! Hay que estudiar estrategias...

ALFREDO.—Y lo hacemos.

JAVIER.—¿Sí? Aunque sea cuestión familiar: ¿has discurrido alguna para separar a ese René de Sandra? Porque supongo que lo deseas...

ALFREDO.—Hay que actuar con mucha habilidad. Procurando no herirla.

JAVIER.—Se le puede expulsar de España. No faltarían pretextos: es un activista, un agitador.

ALFREDO.—Sólo a favor de su país.

JAVIER.—Un activista siempre es peligroso.

ALFREDO.—No, no. Echarlo sería una equivocación.

JAVIER.—¿Por qué?

ALFREDO.—Porque Sandra podría largarse tras él. Y eso hay que evitarlo.

JAVIER.—¿A su país?

ALFREDO.—O a algún otro.

JAVIER.—Al de él no. Sabe lo mal que lo pasaría allí y no está tan loca.

ALFREDO.—No conoces a tu hermana... *(Cierra la carpeta.)* Bien. Todo en regla. Toma *(Se la tiende y* JAVIER *la mete en su portafolios.* ALFREDO *se levanta y vuelve a la ventana.)* Javier, lo de René le ha entrado a Sandrita muy fuerte. No es ninguna inclinación pasajera; eso está clarísimo.

JAVIER.—Pues si es tan grave, quizá convenga lograr que se marche él voluntariamente. ¡Que rompa él con ella! Y así ella no podría seguirle.

ALFREDO.—*(Escéptico.)* Ya me dirás cómo.

JAVIER.—Con una oferta.

ALFREDO.—*(Sorprendido, se acerca a él.)* ¿De dinero?

JAVIER.—*(Se aleja mientras argumenta.)* En comparación con la fortuna que Sandra heredará algún día, una cantidad insignificante, pero tentadora para él por aquello de que más vale pájaro en mano.

ALFREDO.—*(Se sienta, caviloso.)* Hay que pensarlo. Podría ser contraproducente.

JAVIER.—¡Papá, tú siempre te pasas de cauteloso! Si la cosa urge, déjamelo hacer a mi estilo. Nadie es insobornable. Y menos ante... cincuenta millones, por ejemplo.

ALFREDO.—¿Qué?

JAVIER.—Una pequeñez para nosotros, que puede salvar a la niña de un disparate sin remedio. Yo sabré urdir un motivo honorable.

ALFREDO.—No me gusta. Me parece torpe.

JAVIER.—Conozco a esos tipos mejor que tú. ¿Me lo permites? *(Breve pausa.)* No hay tiempo que perder, porque puedes jurar que los dos se han acostado ya.

ALFREDO.—*(Sobresaltado.)* ¿Tú crees?

JAVIER.—Y tú también lo crees. Hoy los jóvenes no acaban en la cama; empiezan por la cama.

ALFREDO.—Me repugna pensarlo.

JAVIER.—Y a mí. Por eso, y sin recurrrir a procedimientos más contundentes...

ALFREDO.—¡Cuidado! No somos criminales.

JAVIER.—Claro que no. Los separaremos limpiamente y cuanto antes.

ALFREDO.—*(Dudoso.)* Piénsalo bien. ¿Cómo lo vas a enfocar?

JAVIER.—No te preocupes. Confía en mí. Oye, ¿vas a enrejar ventanas?

ALFREDO.—Quizá no sea necesario. Ya puse alarmas. *(Se acerca a su ventana y atisba.)*

JAVIER.—*(Con un suspiro de contrariedad, mientras va hacia la mesa.)* ¡Deberías volverte a la finca!

ALFREDO.—Mientras no se vuelva Sandra, no. *(Sonríe.)* Y quizá tampoco si se vuelve... Estoy muy a gusto aquí.

JAVIER.—*(Cierra su portafolios.)* No faltes mañana al consejo del banco. Hay que discutir a fondo cómo vamos a participar en la filial que la American Streiner [Company] va a instalar aquí.

ALFREDO.—Iré, iré... ¿Eso es todo?

JAVIER.—*(Deja dispuesto el portafolios y se vuelve hacia él.)* No. *(Se miran.)* Habrás leído la prensa.

ALFREDO.—*(Contrito.)* He estado tan ocupado en el taller, que...

JAVIER.—¡Es el colmo! *(Recoge el periódico que dejó sobre la mesa.)* Aquí la tienes. *(Despliega hojas.)* Lee esto. *(Señala.* ALFREDO *frunce el entrecejo y lee.)* Mundifisa.

ALFREDO.—¿Qué van a hacer? ¿Una auditoría?

JAVIER.—Más. Una investigación judicial. Y un posible proceso.

ALFREDO.—¡Sólo es una sociedad de inversiones y de financiación!

JAVIER.—Transnacional.

ALFREDO.—¡Como tantas otras! Razón de más para que tengan cuidado con ella. Y nosotros sólo pusimos dinero. El destino de sus fondos es variadísimo; manejan innumerables negocios en todo el mundo...

JAVIER.—Y entre ellos, el que ahí se apunta. Pero daban del diecisiete al dieciocho por ciento de interés y los periódicos, que lo huelen todo, han levantado la caza.

ALFREDO.—*(Pasea y reflexiona.)* ¿Cuánto hemos invertido en ella?

JAVIER.—Lo sabes perfectamente. Unos quinientos millones.

ALFREDO.—Hay inversores más fuertes. Y muy influyentes. [Don] Luis, por ejemplo. Y él me aseguró que no habría problemas.

JAVIER.—Pues ya ves que los hay.

ALFREDO.—¿Lo crees grave?

JAVIER.—Supongo que no para nosotros. Mundifisa lleva muy bien sus libros y esas ganancias ya están adecuadamente blanqueadas... Sin embargo, ahí dice que el director-gerente en España parece haberse ido al extranjero.

ALFREDO.—*(Molesto.)* Lo he leído.

JAVIER.—Tal vez llamen a declarar a los mayores inversores. ¿Por qué no te vas tú también? No faltan asuntos que atender fuera.

ALFREDO.—¿Ahora? Eso sería autoacusarse. ¿Crees tú realmente que Mundifisa financiaba ese negocio?

JAVIER.—*(Estupefacto.)* ¿Vas a disimular conmigo? Tú hiciste la operación. No me digas que no estabas informado. Eso déjalo para el juez, si nos llama.

ALFREDO.—*(Colérico, tira el diario sobre la mesa. Su tono no es convicente.)* ¡No! ¡Ni lo pensé ni lo averigüé!

JAVIER.—¿Tú, el cauteloso? No me lo creo.

ALFREDO.—*(Cambia su tono.)* Es verdad... a medias. [Don] Luis me dio seguridades.

JAVIER.—Pues hay que estar alerta. *(Entra* LO-
RENZA.*)*

ALFREDO.—Llamaré a [don] Luis.

JAVIER.—Mejor si vas a verle. Yo te tendré al corriente. *(Mira su reloj y recoge su portafolios.)* Hasta
mañana en el banco.

LORENZA.—Con permiso. ¿Va usted a comer aquí,
don Alfredo?

ALFREDO.—¿Eh?... Sí.

LORENZA.—¿Quiere usted quedarse a comer, don
Javier?

JAVIER.—No, gracias. Me voy ya. *(Inicia la marcha.)*

LORENZA.—Vaya usted con Dios.

JAVIER.— *(Se detiene.)* Oye, mami... ¿El señorito
René solía pernoctar aquí?

ALFREDO.—¡Javier!

JAVIER.—Di, mami.

LORENZA.—*(Le cuesta pronunciar la palabra.)*
¿Per...noctar?

JAVIER.—Sí, mujer. Pasar la noche.

LORENZA.—*(Turbada.)* El señorito René tiene su
casa...

JAVIER.—Pero ¿pasaba en ésta algunas noches?
Hay cuartos de invitados...

LORENZA.—Yo... no sé. A veces trabajaban hasta
muy tarde y yo me acostaba. Pregúntele a la niña.

JAVIER.—*(Irónico.)* Ya. Papá, hasta mañana.
(Sale.)

LORENZA.—*(Va a retirarse a su vez.)* Si no manda
nada...

ALFREDO.—Mami, si la niña estaba liada con ese
hombre antes de instalarme yo aquí, deberías haberme
informado. ¿Lo estaba?

LORENZA.—*(Vacila.)* No lo sé. Y yo nunca hablo de esas cosas. *(Calla un instante.)* Usted sabe que yo nunca hablo de esas cosas.

ALFREDO.—*(Desvía los ojos.)* Perdona.

LORENZA.—Con su permiso. *(Recoge los vasos usados.)* Ahora los traigo limpios. *(Sale. Ensimismado, ALFREDO no se mueve. Muy amortiguado, se inicia el adagio del Quinteto para clarinete y cuerda, de Brahms. ALFREDO levanta la vista y va a la ventana para mirar. Suspira y se acerca al vídeo, toma el mando, enciende y se sienta ante el aparato, que comienza a funcionar. La luz baja algo y se torna de nuevo extraña.)*

ALFREDO.—*(A media voz.)* Cuarenta... Treinta y cinco... Veinte años. *(Detiene la marcha y observa su antigua cara. Sin el menor ruido, la ventana frontera del patio es abierta por una linda jovencita de unos diecisiete años vestida con humilde y anticuada ropa que, después de lanzar una recatada mirada a la ventana de ALFREDO, se sienta junto al alféizar y se pone a coser. La música gana alguna fuerza. Sin volverse, ALFREDO alza sus ojos y se abstrae en el recuerdo. Pasan unos segundos. LORENZA regresa con los vasos limpios en una bandeja y va a restituirlos al mueble bar. Sin que la muchacha de la ventana se levante, las hojas de ésta giran en silencio y se cierran solas. La música sigue sonando levemente, pero la luz retorna a su normalidad. ALFREDO reacciona y apaga el vídeo.)* ¿Está abierta la ventana, Lorenza?

LORENZA.—¿Qué ventana?

ALFREDO.—¿Cuál va a ser? Ésta.

LORENZA.—No, señor.

ALFREDO.—¿Es que hay alguna otra abierta?

LORENZA.—¿Cuál otra?

ALFREDO.—No sé... Alguna del patio... Se oye bien la música de ese vecino.

LORENZA.—Cuando usted era un muchacho se escuchaba ya.

ALFREDO.—¿Sí?

LORENZA.—¿No se acuerda?

ALFREDO.—Se olvidan tantas cosas...

LORENZA.—Y no es vecino, sino vecina. Era el padre el que compró la gramola; de ahí le viene la afición a la niña. Más de cuarenta años oyendo esas musiquitas... Usted tendría unos diez cuando empezaron a sonar.

ALFREDO.—Sí. Es verdad. Una niña se asomaba a veces... *(Se levanta y va a su lado para mirar por la ventana.)*

LORENZA.—*(Asiente.)* Y se sentaba a coser. Pero el padre murió y la madre ha muerto hace unos años. Y ella sigue cosiendo para fuera y poniendo sus discos... Ahora nunca se asoma; lo habrá notado.

ALFREDO.—No me he dado cuenta...

LORENZA.—*(Con fría sonrisa.)* ¿Tampoco se acuerda de su nombre?

ALFREDO.—¿Su nombre?...

LORENZA.—En esta casa se habló de ella algunas veces... Isolina Sánchez. *(Lo mira. Él desvía la vista.)* Ahora estará cosiendo tras los visillos.

ALFREDO.—Puede ser.

LORENZA.—*(Seca.)* Pero ya, como si no estuviera. *(Se aparta y sale, rápida, con la bandeja en la mano.* ALFREDO *la ve salir, muy turbado. La luz empieza a descender hasta que la habitación se sume en la oscuridad. La ventana de la muchacha se oscurece a su vez y, en seguida, el patio entero. La música ya extinguiéndose mientras crece a la derecha una claridad fría que*

*no tarda en expandirse a lo largo del proscenio. Tras
el escueto mobiliario del rincón, luce el cuadro gráfico.
Sentado en el minúsculo sofá,* JAVIER. *RRené entra
por la izquierda del proscenio, cruza la escena y llega
junto a* JAVIER, *quien se levanta sonriendo. Se estrechan las manos.)*

JAVIER.—Gracias por venir. Siéntese, por favor.
¿Qué quiere beber?

RENÉ.—Gracias, señor. Nada por el momento. *(Se
sientan ambos.)*

JAVIER.—El asunto es delicado y confío en su discreción.

RENÉ.—Le escucho.

JAVIER.—Usted no ignora que nuestro gobierno es
más bien favorable a su país...

RENÉ.—Y estamos muy agradecidos.

JAVIER.—No voy a fingir con usted. No le oculto
que, personalmente, la causa de ustedes no cuenta con
mis simpatías.

RENÉ.—*(Sonríe.)* Debo decir que me sorprendería
lo contrario.

JAVIER.—No pretendo molestarle. Sólo quiero dejar las cosas claras entre nosotros. Me admitirá que
ustedes sufren una dictadura y que allí se cometen de-
plorables violaciones de los derechos humanos.

RENÉ.—Puede ser. ¿Y dónde no? Pero no recuerdo
que las fuerzas sociales que usted representa clamasen
antes contra las criminales violaciones de los derechos
humanos cometidas allá, durante larguísimos años,
bajo la feroz dictadura de nuestro anterior presidente.
Por lo demás, si usted nos visitase, vería que hay más
libertad y más pluralismo político de lo que supone.

JAVIER.—*(Ríe.)* ¡Perfecto! Cada uno con su opi-
nión. Pero la mía es ahora lo de menos; son las con-

veniencias de nuestro banco lo que importa. Y siguiendo criterios de nuestro gobierno hemos pensado, igual que alguna otra entidad financiera, en ayudar a ustedes. *(Sorpresa de* RENÉ.*)* No será una operación de imagen; sus fines son otros. Y no es deseable, ni la gratitud pública del gobierno de su país, ni siquiera documentos y justificantes reservados que reflejen esta ayuda.

RENÉ.—Reconozco que no entiendo.

JAVIER.—Ni una firma; ninguna declaración. Únicamente la confianza de persona a persona. Y en usted se puede confiar.

RENÉ.—Muchas gracias.

JAVIER.—Ya ve que, pese a todo, nuestra posición no es tan cerrada.

RENÉ.—¿La posición de quiénes?

JAVIER.—De mi banco y de... las fuerzas sociales a que pertenezco. De algunas de ellas, al menos.

RENÉ.—Será ahora, y ustedes sabrán por qué. En otros países son las que pagan a los rebeldes que nos combaten.

JAVIER.—Bien. No discutiremos cuestiones tan complejas. ¿Aceptaría su gobierno un donativo sin publicidad?

RENÉ.—¿Por qué sin publicidad?

JAVIER.—Justamente para no disgustar a muchos que lo reprobarían.

RENÉ.—¡Alta política!

JAVIER.—Si la quiere llamar así. Pero nosotros no somos políticos.

RENÉ.—*(Lo piensa.)* Supongo que mi país aceptaría donativos sin publicidad según lo que hubiera que dar a cambio. Pero yo carezco de autoridad para contestar.

JAVIER.—Sin embargo, tiene el derecho de recibir lo que le den para él. Sin firmas ni justificantes. Se le elige a usted porque es discreto y honrado. *(RENÉ lo está mirando muy intrigado.)* ¿De verdad no quiere tomar nada?

RENÉ.—No, gracias.

JAVIER.—La cantidad sería modesta... Hoy por hoy no puede ser mayor. Nosotros abriríamos a su nombre una cuenta en nuestra sucursal parisiense de cuatrocientos mil dólares.

RENÉ.—¿Sin más formalidades?

JAVIER.—Exactamente.

RENÉ.—¿Para entregarlos a mí país?

JAVIER.—Del modo que usted prefiriese. Podría transferir ese dinero, o bien entregarlo a su embajador en París, por ejemplo. La cuenta sería de su libre disposición y la operación se efectuaría, para mayor discreción, fuera de España. Y ya no nos volveríamos a ver. *(Silencio.* RENÉ *empieza a reír suavemente.* JAVIER *sonríe.)*

RENÉ.—La única condición: que yo no me despida aquí de... todos mis amigos y que no regrese a España. ¿Me equivoco?

JAVIER.—¿Qué puede importarle, si tarde o temprano ha de volver allá? Hágalo ahora.

RENÉ.—Suponga que no entrego a mi gobierno ese dinero...

JAVIER.—Correremos el riesgo. De todos modos es usted el mejor emisario.

RENÉ.—*(Risueño.)* Nunca creí que mi precio fuese tan alto. ¿Por qué no se lo ahorran? Si mueven sus influencias lograrán que salga de España sin soltar ni un dólar. ¿No es lo que se pretende?

JAVIER.—¿Quién habla de precios? ¡Se trata de un donativo a su país!

RENÉ.—*(Se levanta.)* Se trata de que yo me vaya voluntariamente. *(JAVIER va a hablar.)* ¡Por favor! No insulte a mi inteligencia repitiéndome esa increíble oferta. *(JAVIER se levanta a su vez, tenso.)*

JAVIER.—¿Quiere decir que no acepta y que se queda?

RENÉ.—Por supuesto. Buenas tardes. *(Va a irse. JAVIER lo detiene con un ademán y vuelve a indicarle el asiento.)*

JAVIER.—No se vaya todavía.

RENÉ.—Es inútil. Yo...

JAVIER.—Por favor. *(RENÉ no se sienta.)* ¿De pie? Como quiera. *(Inicia un paseíto por el proscenio.)* Su país necesita desesperadamente todo género de ayudas por pequeñas que sean. Usted lo sabe bien: se dedica entre otras cosas a recaudar fondos para él. *(Avanza hacia la izquierda y un foco lo sigue. Se vuelve.)* ¿No ha pensado en que podría entregar realmente la cantidad que le ofrezco?

RENÉ.—No la ofrece para eso.

JAVIER.—*(Lento.)* Es usted quien ha de decidir si acepta ese dinero para su causa o lo rechaza. Si prefiere o no que mañana se diga: «René se negó a recibir una gran cantidad para su pueblo por no acceder al pequeño sacrificio de abandonar España para siempre.»

RENÉ.—*(Nervioso, da unos pasos hacia él.)* ¿Acaso sé yo si no bloquearían esa cuenta cuando me hubiese marchado?

JAVIER.—*(Irónico.)* ¿No lo ha comprendido? Usted es un hombre íntegro y cumplirá su palabra de no regresar. Y nosotros cumpliremos la nuestra. Si bloqueásemos la cuenta, usted se consideraría en el derecho de volver o de reanudar, una vez en su tierra, su relación... amistosa... con cualquier persona que fuese a visitarle, aunque hubiese roto con ella. *(Se ha acercado a* RENÉ. *Le da una palmadita en el hombro.)* No anularemos el donativo. Si se lo apropia o se lo da a su gobierno, es cosa suya. La oferta se mantiene. *(Cruza hacia la derecha,* RENÉ *va al centro de la escena y mira al frente, muy alterado.)*

RENÉ.—También tengo el derecho de mis sentimientos... El de conservar mi buen nombre ante los demás...

JAVIER.—*(Con suavidad.)* Derechos todos muy hermosos y muy... humanos... Usted resolverá si prefiere ejercer esos derechos individuales a cumplir con sus deberes patrióticos. Esperaré su decisión unos días.

RENÉ.—No hay nada que esperar. Buenas tardes. *(Camina hacia la izquierda.)*

JAVIER.—Buenas tardes. *(Va hacia la derecha y salen los dos por ambos lados. Vuelven a oírse los lejanos ecos del adagio de Brahms. El rincón de la derecha se oscurece y la sala central se ilumina. El vídeo está de nuevo apartado hacia la derecha. En uno de los silloncitos está* SANDRA *leyendo un periódico. Con las manos a la espalda, su padre mira por la ventana. La música cesa poco a poco.* ALFREDO *se acerca al vídeo.)*

ALFREDO.—¿Habéis quitado mi casete?

SANDRA.—Tuvimos que ver otra en la clase de ayer. La tuya está encima del aparato. *(Señala.* ALFREDO *la introduce y va a encender.)*

SANDRA.—*(Leyendo.)* Qué barbaridad.

ALFREDO.—¿Qué?

SANDRA.—Dieciocho *yonquis* muertos por sobredosis de heroína.

ALFREDO.—*(Deja el mando.)* Así está el mundo.

SANDRA.—Pues habría que sanearlo.

ALFREDO.—¿De qué modo?

SANDRA.—¿No podríais hacer algo los que sois verdaderamente poderosos?

ALFREDO.—Ya hacen mucho los gobiernos, hija... Las redadas son cada vez más eficaces en el mundo entero. *(LORENZA aparece en la puerta.)*

SANDRA.—¡Pero nunca llegan a las verdaderas cabezas! *(Silencio, que interumpe LORENZA.)*

LORENZA.—¿Para usted café o té, don Alfredo?

ALFREDO.—Nada, mami. Gracias. Tengo que salir y lo tomaré fuera. *(Se aparta del vídeo y enciende un cigarrillo.)*

SANDRA.—*(Ante la mirada de LORENZA.)* A mí tampoco me apetece ahora. Espera a ver qué quiere René. *(LORENZA va a marcharse.)* ¡Pero no te vayas! *(Señala a la mesa.)* Mírame las dos hojas dobladas en el «Vogue» y dime qué modelo te gusta más. ¡O si te gusta algún otro! *(LORENZA se sienta a la mesa y hojea la revista. SANDRA suelta el periódico sobre el silloncito y se acerca a LORENZA. ALFREDO vacila un segundo, toma el periódico, se sienta y lo repasa con afectada indiferencia.)*

SANDRA.—*(Junto a LORENZA, se inclina y señala.)* ¿Los has visto, mami? A mí el azul me chifla. Y tan moderno... ¿No te parece de sueño?

LORENZA.—Sí. Es bonito. Pero me gusta más el gris perla. *(ALFREDO ríe, afable.)*

SANDRA.—¿Te ríes de nosotras?

ALFREDO.—De pura alegría, hija. Después de leer las atrocidades que trae el periódico, me encanta ver lo bueno que es protegernos y velar por las niñas vehementes como tú para que puedan vivir lo mejor posible y hasta comprarse el modelito que se les antoje.

SANDRA.—No me lo voy a comprar.

ALFREDO.—*(Asombrado.)* ¿Por qué no?

SANDRA.—Tú de esto entiendes poco, papá. Le voy a encargar a alguna modista que haga uno parecido.

ALFREDO.—¿Para qué, si puedes adquirir el que quieras?

SANDRA.—Para no despilfarrar, para vivir con sencillez... *(Ríe.)* y para hacerle unos cambios que se me ocurren.

LORENZA.—Así hay que vivir, sí, señor.

ALFREDO.—Pues para eso ya tienes tus vaqueros.

SANDRA.—Y tenía una costurera que me trabajaba muy bien...

ALFREDO.—Vamos, que quieres lo que Picasso: tener mucho dinero para poder vivir como un pobre.

LORENZA.—*(Asiente.)* Un tío listo.

ALFREDO.—Más que yo, sin duda. Yo no puedo llevar vaqueros.

SANDRA.—Eso que te pierdes.

ALFREDO.—Me lo he perdido para que tú no te pierdas nada: ni el traje elegante ni los vaqueros... Vive como quieras, hija.

SANDRA.—Es lo que hago. Lo malo es que me he quedado sin sastra, porque se ha casado.

LORENZA.—De ésas no faltan... Aquí cerca vive una muy buena. *(*ALFREDO *la mira, sorprendido.)*

SANDRA.—¡Ah, pues la llamo! ¿Quién es?

LORENZA.—Tienes que haberla visto alguna vez en la ventana de ahí enfrente. De donde vienen las musiquitas. *(*ALFREDO *se incorpora, estupefacto.)*

SANDRA.—No recuerdo...

LORENZA.—Pues se ha pasado toda la vida cosiendo tras esa ventana. ¿Verdad, don Alfredo?

ALFREDO.—Sí... Creo que la vi alguna vez.

LORENZA.—Isolina Sánchez se llama. Si quieres, la aviso.

SANDRA.—Cuando me vaya al otro piso, que ya falta poco. *(El rincón derecho se ilumina.* JAVIER *entra, toma el teléfono y empieza a marcar.)*

ALFREDO.—*(Se levanta y pasea.)* ¿Insistes en dejarme?

SANDRA.—¿No te viniste tú a éste? Pues yo me voy al otro.

ALFREDO.—Me siento cansado, hija. Me hacía falta una familia y mi familia eres tú.

SANDRA.—Y yo me siento cansada de tus guardaespaldas.

ALFREDO.—Si te quedases, yo respetaría tus horarios y tus clases en esta habitación. Estoy dispuesto a hacer concesiones.

SANDRA.—Papá, soy yo quien las está haciendo. *(ALFREDO va a contestar, pero suena el teléfono.)*

ALFREDO.—Será para mí... *(Descuelga.)* Diga.

JAVIER.—Papá, una vez más he de insistirte en que vuelvas al despacho. Te necesitamos y tú no tienes el derecho de cansarte.

ALFREDO.—Pero lo estoy. ¿Qué pasa ahora? Porque si me llamas, será por algo.

JAVIER.—Fíjate bien en lo que digo y en lo que no digo. Lo más probable es que haya citaciones. Son cantidades sin destino conocido por los depositarios, como pasa con las de los bancos. *(SANDRA y LORENZA repasan modelos y discuten en voz baja.)*

ALFREDO.—En teoría, muy bien. Pero, con las inversiones mayores, eso no se lo creerá nadie.

JAVIER.—*(Con intencionada ironía.)* ¿Ah, no?... Pues tú mismo me dijiste no saber a dónde iban a parar... Pero es igual, si no hay comparecencias.

ALFREDO.—Yo me veo esta tarde con quien ya sabes...

JAVIER.—Perfecto. Facilitará las cosas. Nuestra cadena de periódicos ya tiene instrucciones, y nuestros abogados están trabajando.

ALFREDO.—Bien. ¿Eso es todo?

JAVIER.—Pues... he hablado con el maestrito.

ALFREDO.—*(Mira a su hija.)* ¡Ah!

LORENZA.—El señorito René no tardará. Iré a preparar...

SANDRA.—¡Espera! Mira este otro. *(Pasan hojas. ALFREDO sisea para que bajen la voz.)*

ALFREDO.—Dime, dime.

JAVIER.—Siento decir que, en principio, rechaza la oferta.

ALFREDO.—¡Luego tenía yo razón!

JAVIER.—De momento lo que pasa es que él aspira a mucho más porque cree que a ella la tiene metida en el bolsillo. Pero yo creo que lo pensará. Y si se obstina en la negativa, siempre podremos...

ALFREDO.—No. Deja ese asunto en mis manos. Ya he discurrido cómo resolverlo. Y de un modo que te va a sorprender. *(SANDRA lo mira con leve suspicacia.)*

JAVIER.—¿Cuál?

ALFREDO.—*(Ríe.)* Ya lo verás. ¡Y no admito objeciones!

JAVIER.—Te temo.

ALFREDO.—Adiós. *(Cuelga. Pensativo, JAVIER sale por la derecha y el rincón se oscurece.)*

SANDRA.—*(Deja de mirar a su padre.)* ¿Entonces, el azul?

LORENZA.—¡Si ya lo has decidido, no sé a qué preguntas! *(SANDRA suelta una risita.)* Voy a la cocina. *(LORENZA se levanta y, mientras va a la puerta, murmura.)* Terca como una mula.

ALFREDO.—*(Ríe.)* ¡En inglés, mami!

LORENZA.—Con la niña no hace falta. *(Sale.)*

SANDRA.—*(Le enseña de lejos la revista.)* ¿Te gusta a ti, papá?

ALFREDO.—*(Se acerca a la ventana y mira a la de enfrente.)* Te gusta a ti y eso basta. *(SANDRA cierra la revista con una sonrisa. ALFREDO arriesga tímidas palabras.)* Oye, hija... ¿Nunca te ha hablado mami Lorenza de esa señorita de ahí enfrente?

SANDRA.—Creo que no...

ALFREDO.—Lo hará. Ya ha empezado a hacerlo... ¿Tú no la recuerdas? *(Intrigada, SANDRA deniega.)* Yo sí. Yo la vi muchas veces.

SANDRA.—Y hasta hablarías con ella, ¿no? *(Sonriente.)* ¡Menudo eras tú!

ALFREDO.—Nunca cruzamos la palabra.

SANDRA.—*(Se levanta y va hacia él.)* No me mientas. ¿No habrá sido... una de tus conquistas?

ALFREDO.—¿De qué conquistas hablas?

SANDRA.—No disimules... Me consta que las has tenido. Sé que mamá y tú no os entendíais. *(Sonríe. ALFREDO se aparta y va a sentarse a uno de los silloncitos.)* No creas que te lo reprocho... Sé que ella siempre andaba en sus fiestas y en sus diversiones...

ALFREDO.—Lo sabes por Lorenza, claro.

SANDRA.—Y por otros...

ALFREDO.—Por Lorenza, que ha sido una verdadera madre. *(Pensativo.)* Lo que no entiendo es por qué te quiere traer aquí a esa señorita...

SANDRA.—Tranquilo. Irá al otro piso.

ALFREDO.—*(Deniega.)* Mami Lorenza quiere traerla aquí.

SANDRA.—Porque es modista.

ALFREDO.—*(Después de un momento.)* [Ven. Siéntate a mi lado. *(Palmea el silloncito contiguo.)*] *Intrigada, Sandra se sienta junto a él)* Te contaré una cosa. Sólo a ti.

SANDRA.—¿De esa señorita?

ALFREDO.—En cierto modo...

SANDRA.—¿La conociste?

ALFREDO.—Ya te he dicho que no... Hija, yo quise mucho a tu madre, o creí que la quería. Pero no con verdadero amor. Nos casamos porque nuestras familias se conocían, porque ella me gustaba mucho... No tardamos en distanciarnos. Y yo... tuve mis amoríos.

SANDRA.—Y ella los suyos. No me dices nada nuevo.

ALFREDO.—¿También lo sabes por mami?

SANDRA.—¿Por quién si no?

ALFREDO.—*(Molesto.)* Luego dirá que nunca habla de esas cosas. Hija, tal vez no fue buena madre con Javier ni buena esposa conmigo porque yo no acerté a ser buen marido... Tienes que perdonarnos a los dos.

SANDRA.—*(Fría.)* No tengo nada que perdonar. Y a estas alturas no debes preocuparte.

ALFREDO.—No puedo evitarlo. Porque yo sí he sentido un verdadero amor. ¡Uno solo! Y nunca... me atreví a intentar que se realizase. ¿Querrás entenderlo?

SANDRA.—*(Fugaz mirada a la ventana.)* ¿Será... posible?

ALFREDO.—Nueve o diez años tendría yo cuando la vi por primera vez.

SANDRA.—¿Desde esta ventana?

ALFREDO.—*(Asiente.)* Una preciosa nena de seis o siete años. ¿Quién dice que a esas edades no es posible una pasión ciega? El cuerpo no estará maduro, pero los sentimientos sí. La vi y ya no pude pensar sino en ella. Entonces aún no cosía. Se sentaba a su ventana y jugaba con su muñeca mientras oía, mientras oíamos, la música que ponía su padre.

SANDRA.—¡Y que ella sigue poniendo!

ALFREDO.—De vez en cuando me lanzaba una miradita que me hacía temblar. Quiero creer que no era sólo coquetería, que también me quería un poquito... *(Le enardece el recuerdo.)* Una vez pasaron días y no se asomaba. Yo estaba loco. Una noche, durante la cena, le oigo decir a mi padre: Parece que la niña de Sánchez tiene la escarlatina y está muy grave. ¡Creí morir! Logré disimular, busque la palabra en el diccionario, recé y lloré en mi cama de niño... Y sin embargo aquello era... ¡La felicidad! Quizá no lo comprendas...

SANDRA.—Lo comprendo.

ALFREDO.—Apareció al fin de nuevo, algo desmejorada... Y desde esta ventana la vi crecer en la suya y convertirse en una mujer adorable.

SANDRA.—¿Durante años?

ALFREDO.—Hasta que [cumplí los veintiocho y] nos trasladamos al chalet. [Tendría ella unos veinticinco...] Me casé al año siguiente. *(Enmudece.)*

SANDRA.—Y en todos esos años... ¿no te atreviste a decirle nada ni a buscarla?

ALFREDO.—Nunca.

SANDRA.—Pero tú siempre has tenido mucho desparpajo...

ALFREDO.—Con otras. No con ella.

SANDRA.—*(Después de un momento.)* ¿Me estás diciendo que no has vuelto aquí para vivir conmigo o para vigilarme, sino por ella?

ALFREDO.—También por ti, que eres lo que yo más quiero...

SANDRA.—Y por ella.

ALFREDO.—Sí. *(SANDRA se levanta y le oprime un hombro. Toma de la cigarrera un cigarrillo y lo enciende. Da unos pasos titubeantes, se detiene y lo mira fijamente.)* Hija mía, aún quisiera realizar mi sueño. Vivir contigo y acaso, acaso..., con ella.

SANDRA.—*(Musita.)* ¿Qué?

ALFREDO.—*(Rápida mirada al vídeo.)* Rescatar lo mejor del tiempo que se fue. Volver a ser niño, y muchacho... Borrar amarguras... Sí, ya sé: soy un empresario poderoso a quien no le han faltado satisfacciones ni bellas amigas... ¿Y qué me queda de todo eso? ¡Nada! *(Se toca el pecho.)* Aquí dentro sólo me quedas tú. *(Leve ademán hacia el fondo.)* Y ella. Isolina. ¿Me ayudarás tú a soñar ese sueño?

SANDRA.—¿La has vuelto a ver?

ALFREDO.—No. Sé que está detrás de los visillos cuando oigo su música. Pero no se asoma.

SANDRA.—Será ya muy mayor...

ALFREDO.—Tendrá ahora cincuenta y tres. ¡Es ridículo, ya lo sé! Pero... ¿Y si me ha estado esperando toda su vida? ¿Llamándome tímidamente, año tras año, con su música? Procurando conservarse guapa... Hoy no es difícil a esa edad. *(Se levanta y va hacia su ventana.)* Si un día abre, yo le hablaré.

SANDRA.—¿Y si no abre?

ALFREDO.—Acecharé su portal... La abordaré.

SANDRA.—¿Piensas... en otro matrimonio?

ALFREDO.—¿Te importaría? Quizá ella pudiese llegar a ser para ti una amiga afectuosa... *(Calla, con una mirada suplicante.)*

SANDRA.—No sé qué decirte, papá... Me parece todo tan... improbable...

ALFREDO.—¿No sueñas tú con algo que también crees improbable? Me gustaría creer que esa mujer..., que esa música, tan distante y sin embargo tan cercana..., será un día mía. ¿Lo será?... *(Turbada, SANDRA fuma y pasea.)* Que esto quede entre tú y yo.

SANDRA.—Descuida.

ALFREDO.—*(Va a su lado. Le besa el pelo.)* ¿Quieres que realicemos juntos mi sueño... y el tuyo?

SANDRA.—*(Le tiembla la voz.)* ¿El mío?

ALFREDO.—No te vayas a otro piso. Yo sé comprender.

SANDRA.—*(Se aparta un poco.)* Papá, por favor...

ALFREDO.—Todos juntos. Mi sueño no será completo si tú faltas. Ahora es una pesadilla.

SANDRA.—¿Por qué una pesadilla? *(Suavemente, se inicia la marcha fúnebre de la «Heróica», la tercera sinfonía de Beethoven; no es seguro que proceda del patio, cuya luz se mantiene invariable. No así la de la habitación, invadida de creciente penumbra donde, del rostro del padre al de la hija, la luz empieza a oscilar con acusados vaivenes. Las voces de ALFREDO y de SANDRA suenan tensas y susurrantes, aunque sin énfasis.)*

ALFREDO.—Una pesadilla que vuelve algunas noches, en la que me dices adiós. Yo te busco, como vine aquí a buscarte, y tú huyes...

SANDRA.—*(Murmura.)* ¿Adiós?... *(Sombra sobre ella.)*

ALFREDO.—*(Iluminado.)* Y yo digo: quédate... *(Sombra sobre él.)* Y tú dices...

SANDRA.—*(Iluminada, mirando al vacío.)* Adiós... *(Sombra sobre ella.)*

ALFREDO.—*(Iluminado.)* ¡Sandra... *(Sombra sobre él.)*

SANDRA.—*(Iluminada, mirando al vacío.)* ¡Adiós! *(Sombra sobre ella.)*

ALFREDO.—*(Iluminado.)* ¡No te vayas! *(Sombra sobre él. La música se amortigua. La luz recobra despacio su normalidad mientras él sigue hablando.)* Y te busco... Y tú te has ido... para siempre. *(Ella lo observa, absorta.)* Y me despierto asustado... porque aquella ventana no se abre y tú te has ido. Sandra, mi niña, todos aquí... y René también. ¿Quieres? *(SANDRA lo está mirando, conmovida. Con duros ojos y reprimiendo su indignación, RENÉ aparece en la puerta y los considera por un segundo. La música ha dejado de oírse.)*

RENÉ.—Buenas tardes. *(Padre e hija, lo miran y recomponen sus gestos.)*

ALFREDO.—*(Tembloroso aún, pero risueño.)* ¡Hola, muchacho! Les dejo. Les dejo a los dos para que trabajen.

RENÉ.—Espere, señor. *(Avanza.)* Quisiera hablar con usted.

ALFREDO.—¡Con mucho gusto, René! ¿No se sienta? *(Le indica el diván.)*

RENÉ.—*(Sin sentarse.)* Sandra, ¿no te importa dejarnos solos? Es un asunto... delicado.

SANDRA.—No será nada que yo no pueda oír. *(Mientras cruza hacia la puerta.)* ¿Llamo para que nos traigan algo?

RENÉ.—Por favor, déjame solo con tu padre.

ALFREDO.—*(Afable.)* Me intriga usted. Pero Sandra debe quedarse. Todo lo que usted me quiera decir puede ella escucharlo.

SANDRA.—*(Resuelta.)* Y yo me quedo. ¿Llamo?

ALFREDO.—Más tarde. ¿En qué puedo servirle? ¡Pero tome asiento, por favor! *(Se sienta él.* SANDRA *permanece de pie, muy atenta.)*

RENÉ.—*(Mientras se sienta despacio.)* Lo siento, Sandra.

SANDRA.—*(Risueña.)* ¡Si me lo vas a decir de todos modos!

RENÉ.—*(A* ALFREDO.*)* ¡Usted lo ha querido! Sandra vengo de hablar con tu hermano. Me ha propuesto algo *(A* ALFREDO*)* de lo que usted sin duda está enterado.

SANDRA.—¿Qué te ha propuesto?

RENÉ.—¿Por qué no se lo explica usted mismo, señor? Usted lo habrá aprobado.

ALFREDO.—*(Cauto.)* Depende de lo que él le haya dicho.

SANDRA.—¿Qué te ha dicho?

RENÉ.—Me ha ofrecido cuatrocientos mil dólares si me voy de España para siempre.

SANDRA.—*(Consternada.)* ¿Qué dices?

RENÉ.—Según él, un donativo a mi país. ¡Sin justificantes, porque en realidad serían para mí! Supongo que lo comprendes.

SANDRA.—¿Sabías tú eso, papá?

RENÉ.—*(Mordaz.)* ¿Cómo no lo iba a saber? *(Y se levanta, airado.)*

SANDRA.—*(A su padre.)* ¿Lo sabías?

ALFREDO.—*(Se levanta.)* Sí.

SANDRA.—¡Y lo aprobabas!

ALFREDO.—No.

RENÉ.—*(Se encara con él.)* ¿No? *(Se acerca a él, amenazante.)* Entonces, ¿por qué dejaba hacer? *(ALFREDO retrocede un paso.)*

[SANDRA.—¡No, René! ¡Quietos!]

ALFREDO.—*(A* SANDRA.*)* He dejado hacer, de mala gana, para ver de qué pasta estaba hecho este jovencito. Y le he dicho a Javi que mi propósito era muy distinto y que le iba a sorprender. Y tú ya lo conoces...

RENÉ.—*(Se contiene.)* Me limitaré a decirle una cosita, señor: ¡he venido a confirmarle que rechazo de plano ese repugnante soborno!

SANDRA.—*(Atando cabos.)* ¿Era con Javi con quien hablabas por teléfono hace un rato?

ALFREDO.—Sí. *(Entra inesperadamente* LORENZA *con el servicio de té en una bandeja. Silencio incómodo.* LORENZA *deja la bandeja en la mesa.)* ¡No te hemos llamado, mami!

LORENZA.—Si tardo más se lo tomarán frío. Yo ahí lo dejo. *(Murmura mientras sale.) Big shot! I'm all right, Jack! (Se va farfullando.* ALFREDO *ríe.)*

ALFREDO.—Debo reconocer que la aprecio. A veces acierta a calmarnos los nervios.

RENÉ.—¡No los míos! Pero es inútil seguir hablando. Si quiere que me vaya de España tendrá que recurrir a otros medios. Vámonos, Sandra.

SANDRA.—*(Indecisa.)* Sí... Vámonos...

ALFREDO.—¡No, por favor!

RENÉ.—*(Grita.)* ¡Vámonos, Sandra!

ALFREDO.—*(Corre a interponerse entre ellos y la puerta.)* ¡No antes de que me oigan! [*(Colérico,* RENÉ *intenta apartarlo.)*

SANDRA.—¡René, no!

ALFREDO.—]*(Fuerte.)* ¡Yo no quiero que usted se vaya de España y Sandra lo sabe! *(Da la espalda a* RENE, *atisba por la pueta y la cierra con cuidado. Se vuelve.)* [Bien. Despues de soportar con mansedumbre los desplantes de Lorenza,] le diré que usted ha salido brillantemente de la prueba.

RENÉ.—¡No creo en esa prueba! ¡No creo en usted! Y Sandra hará bien en no creerle.

ALFREDO.—Mi hija sabe que digo la verdad. *(Dudosa, mira a su padre* SANDRA *y va a sentarse a uno de los silloncitos.)*

RENÉ.—¿Sí? ¡Mírela! Usted volvió a esta casa para vigilarla y separarnos. *(Ríe.)* ¡Tranquilícese! No nos vamos a casar *(*SANDRA *lo mira cariacontecida.)* y sus riquezas no irán a parar a mis manos. ¡Pero yo seguiré junto a Sandra mientras ella quiera!

ALFREDO.—Ésa es la incógnita. ¿Seguirá? ¿O se irá un día, después de haber gozado de sus favores?

SANDRA.—¡Papá!

ALFREDO.—¡Vamos, criaturas! ¿Creéis que soy tonto? No íbais a ser vosotros la excepción en estos tiempos de libertad. Y yo sé transigir... Además, no me queda otro remedio.

SANDRA.—¡Papá, cállate!

ALFREDO.—*(Risueño.)* ¿Vas a ser tú ahora la pudibunda?

RENÉ.—*(Sombrío.)* Vámonos, Sandra.

ALFREDO.—*(Grave.)* René, ella le quiere. *(*SANDRA *va a hablar y él alza la voz.)* ¡Le quiere como no ha querido nunca a nadie! *(A* SANDRA.*)* Me consta, hija. Estoy perfectamente informado.

SANDRA.—*(Disgustada.)* ¡Oh!

ALFREDO.—*(A* RENÉ.*)* ¡Y creo que nunca dejará de quererle, porque es de mi sangre y la conozco bien! *(Se ha acercado a él y lo empuja suavemente hacia atrás.)* Y yo no quiero que sufra si usted termina con ella. *(Junto a los silloncitos.)* Siéntese y escuche. Escuchen los dos. *(Le presiona el hombro.)* ¡Siéntese! *(RENÉ lo hace de muy mala gana.)* Prefiero que no se vaya, ni siquiera de esta casa, donde sé que ha dormido a menudo. Oiga mi verdadera proposición, que no es la de esos dólares que le ofrece mi hijo a cambio de romper con Sandra. Oyela tú también, hija mía. *(Se separa y pasea.)* Hace tiempo que pienso en la creación de una gran fundación cultural.

RENÉ.—¿Y cómo no? ¡Costumbre de potentados!

ALFREDO.—*(Sonríe.)* ¿Quiere decir que la crearía para lavar mi imagen de discutibles actividades anteriores?

RENÉ.—Y para desgravar impuestos.

ALFREDO.—No me importa admitir las dos cosas. ¿Y por qué no? Si este mundo es irremediablemente imperfecto, hagamos al menos que el dinero genere cultura. *(Se acerca a RENÉ.)* René, usted vale mucho y ha demostrado ser un hombre honrado. Bien podría trabajar al frente de esa fundación. Con mi hija. Dirigiéndola los dos como amigos, o como matrimonio si lo prefieren. *(RENÉ está atónito. SANDRA, sorprendida. Breve pausa.)* La vida de los dos estaría así consagrada a tareas nobilísimas y podrían realizar, juntos, los sueños más entrañables...

SANDRA.—*(Con incipiente esperanza.)* René...

RENÉ.—¿Y si tengo que regresar a mi patria?

ALFREDO.—¿Por qué, si no lo ha hecho hasta ahora? Permítame decirle que no le veo ningún porvenir a su país. Y no le censuro que no haya regresado; al contrario, se lo aplaudo. Todos tenemos el derecho de vivir lo mejor posible en este mundo tan duro. Usted ayuda a los suyos y hace bien, pero los podría ayudar aún más si se quedase al frente de mi fundación. Becas para estudiantes, publicaciones, colaboraciones técnicas... Yo lo aprobaría. No es una fundación reaccionaria lo que quiero crear.

RENÉ.—*(Frío.)* ¿Lo aprobaría realmente? Dudo mucho de que, llegado el caso, permitiese todo lo que yo quisiese hacer.

ALFREDO.—¡Quítese esos prejuicios de la cabeza y entienda de una vez! La autonomía de decisión de ustedes dos sería amplísima y se estipularía en los contratos. Y en cuanto a Sandra... ¿Cree usted que todavía rige eso de que una chica de gran fortuna sólo pueda casarse. ¡o emparejarse!, con un señorito adinerado? *(Pasea. Fugaz vistazo hacia la ventana.)* Miles de hombres ricos se han casado con muchachas pobres...

RENÉ.—A consecuencia de la secular supeditación de las mujeres a los hombres.

ALFREDO.—¿Más tópicos? También hay pobres que se casan con mujeres ricas.

RENÉ.—¡Es lo mismo! En ambos casos, es el poder del dinero el que manda.

ALFREDO.—*(Ríe.)* Pues para los escrupulosos como usted, también existe la separación de bienes en el matrimonio.

RENÉ.—Usted quiere meterme en su mundo. ¡Y es el mismo mundo de su hijo!

ALFREDO.—¡Y el de usted! Puesto que en él ha estudiado, y vive... y ama. Bien. ¿Estamos ya más tranquilos? Entonces sigamos hablando.

SANDRA.—*(Tímida.)* René... Podríamos hacer cosas tan bonitas y tan útiles... ¿No crees?

RENÉ.—*(Baja la vista.)* Sandra, tenemos que hablar.

SANDRA.—Papá es sincero, y tú le gustas...

ALFREDO.—Y en el sentido corriente de la palabra, no soy político. Carezco de prejuicios contra lo que intentan en su tierra; sólo creo que... esa experiencia no es viable... y que hallará al fin soluciones más sensatas. Ya no hay otras en este desdichado planeta. *(RENÉ deniega con sombrío ceño.)* ¡Ya, ya sé que usted se resiste a admitirlo! Pero reconozca que, como ahora se dice, le estoy rompiendo los esquemas.

RENÉ.—*(Crispado.)* ¡Si no puede! ¿A qué viene esa increíble oferta de cuento de hadas? ¿Por qué?

ALFREDO.—*(Grave.)* Por la felicidad de Sandra. *(Jovial.)* ¡Y por la mía! Eso ya lo entenderá el día de mañana. *(Expansivo, se ha acercado al vídeo y lo gira un tanto hacia ellos.)* Por cierto, cuánto me gustaría seguir oyéndole sus comentarios acerca de este juguetito...

RENÉ.—*(Duro.)* ¿No quiere mi respuesta a su proposición?

SANDRA.—¡Todavía no, René!

ALFREDO.—No. Todavía no. Usted lo tiene que pensar. Le propongo una cosa. Mientras lo piensa, ¿por qué no me redacta un anteproyecto de mi fundación?

RENÉ.—*(Desconcertado.)* ¿Cómo?

ALFREDO.—Es un encargo, correctamente remunerado, que no le compromete a entrar en ella. ¿Me lo hará?

RENÉ.—*(Seco.)* Eso también hay que pensarlo.

SANDRA.—¡Sí, René! ¡Tú sabrías hacerlo como nadie!

ALFREDO.—*(Terminante.)* Entretanto vamos a divertirnos un poco. *(Introduce en el aparato su casete y lo pone en marcha. La luz empieza a descender; la lívida claridad de la pantalla se refleja en las caras. Pasan unos segundos. En lucha consigo mismo,* RENÉ *va volviendo su rostro hacia el vídeo y, ante la muda invitación de* ALFREDO, *termina por sentarse en un silloncito.)*

SANDRA.—*(A media voz.)* Ahora pasa más rápido...

ALFREDO.—Como la vida. Los quince, los dieciséis... Los veinte años [*(Golpecitos en la puerta.)* ¡Vaya! *(Apaga el aparato. La luz vuelve a su normalidad. Los golpes se repiten.)* ¡Adelante! *(Se abre la puerta y entra* LORENZA, *que los mira y se dirige a la mesa.)* ¿Qué quieres, mami?

LORENZA.—Retirar el servicio.

ALFREDO.—*(Algo impaciente, pero risueño.)* Y husmear lo que se cuece aquí dentro, ¿no?

LORENZA.—A veces es usted insoportable.

ALFREDO.—*(Ríe.)* Pues llevas muchos años soportándome.

LORENZA.—Y que lo diga. *Fuck off! (Sorprendida ante la bandeja.)* ¡Si no han tomado nada! ¿Les caliento otro?

ALFREDO.—No, gracias. Ya es tarde. Cierra la puerta cuando salgas.

LORENZA.—Con la bandeja no puedo. Ciérrela usted. *(Camina con la bandeja.* ALFREDO *se cruza de brazos y menea la cabeza ante su insolencia.)*

SANDRA.—*(Se levanta.)* Yo lo haré, mami. *(Va a la puerta y deja pasar a* LORENZA.)

LORENZA.—*(Al pasar, baja la voz.)* Mucho ojo, niña.

ALFREDO.—¿Qué murmuras ahora?

LORENZA.—*Nothing... You Ninny! (Sale y* SANDRA
cierra la puerta.)

ALFREDO.—*Ninny?* Menos mal que no entiendo su
inglés.]

SANDRA.—[Mejor para ti.] ¿Tú no ibas a salir,
papá?

ALFREDO.—Me interesa más esto. [*(Va a poner en
marcha el aparato. Mira a su hija, que se acerca a*
RENÉ.*)*] Quieres quedarte a solas con René, ¿eh? Ya
hablarás con él. Atiende a esto. Siéntate. *(Enciende el
aparato.)*

SANDRA.—Ahora está quieto. *(Se sienta junto a*
RENÉ.*)*

ALFREDO.—Veintidós años. Déjame recordarlos un
poco más. *(Se sitúa tras ellos. La habitación se sume
en la extraña penumbra del recuerdo. Muy tenue, comienza a oírse la Fantasía Impromptu,* Op. 66, *de*
Chopin. ALFREDO *se vuelve a mirar y comprueba que
la ventana frontera sigue cerrada.* SANDRA *mira hacia
atrás y se cerciora de ello asimismo. Los tres observan
el vídeo. Entonces y sin ruido, la ventana del fondo se
abre y deja ver a la encantadora vecina que cose en el
pasado. Sin volverse,* ALFREDO *habla a media voz.)*
Usted dijo que este retrato veloz era como un espejo
inesperado.

SANDRA.—*(Baja la voz a su vez.)* En este momento, un espejo inmóvil.

RENÉ.—*(Aunque baja su voz, todavía hostil.)* Porque, para dominar mejor su vida, él lo detiene a veces.

ALFREDO.—¡Siga!

RENÉ.—Para ir adelante como un vencedor hay que
soñar en lo que pudo ser y quizá no fue. Lo ha parado
hacia sus veinte años, en los que busca algo tal vez

olvidado. *(Se miran padre e hija.)* ¿Alguna cosa que le atormenta más que otras? Puede ser. Acaso quiera detener el tiempo para sorprender mejor ese enigma olvidado. Como si abriese una ventana en el enigma. *(Vuelven a mirarse el padre y la hija. Breve pausa. El tono de* RENÉ *cambia y se vuelve más sereno, ganado por el interés del vídeo.)* Detener por un momento el tiempo es volverlo infinito... Intentar que revele todo el infinito que encierra... Sería la claridad definitiva. *(A* ALFREDO.*)* De usted y de todo. Está escondida en cada segundo porque todo el tiempo está en cualquier instante. Sí. En esos resquicios buscamos revelaciones que se nos negaron. Usted duda de que mi país salga adelante. Yo dudo de que este espejo suyo revele su cara verdadera. *(Para sí, mientras* SANDRA *no le pierde de vista.)* Pero, si quiere que conteste..., que nos responda a todos..., habrá que estar tan inmóviles como él ahora... y callar... Callar... *(Se han paralizado los tres. Ni siquiera pestañean. Así permanecen unos segundos bajo la suave música, mientras la vecina cose en su ventana fuera del tiempo y* ALFREDO, *con la cabeza medio vuelta de nuevo, escucha.)*

TELÓN

PARTE SEGUNDA

La ventana de la sala, entornada. Cerrada la puerta de la izquierda. El gráfico del rincón derecho ha desaparecido, dejando al descubierto el ventanal cuajado de verdor. Tapete y pantallita sobre la mesa; dos vasos y dos botellines en ella además del teléfono. Todo denota en el lateral un lugar diferente, que ahora se halla completamente oscuro. En la habitación y en el patio, luz vespertina. (ALFREDO y JAVIER *están sentados en los silloncitos. Sobre el velador, un libreto fotocopiado. En la mesa del diván, el portafolios de* JAVIER. *Tenues, llegan de fuera los compases últimos del minueto final, correspondiente al primer «Concierto de Brandemburgo», de Bach.*)

JAVIER.—*(De mala gana.)* El anteproyecto es excelente.

ALFREDO.—Te lo dije. René vale mucho.

JAVIER.—Pero su orientación no es exactamente la nuestra. Y mi hermana también ha colaborado.

ALFREDO.—No le rebajes a él los méritos. Está claro que las mejores ideas son suyas. *(Furtivo vistazo al fondo. Placer en su rostro por lo que en él oye.)*

JAVIER.—Ya las retocaremos. ¿Le has pagado al sudaca?

ALFREDO.—Aún no. Y no es exactamente un sudaca.

JAVIER.—*(Recoge el libreto y repasa sus hojas finales.)*
Las estimaciones económicas no están mal.

ALFREDO.—Yo le di una idea del monto anual y, naturalmente, del capital fijo.

JAVIER.—Puede ser una gran empresa. Pero me pregunto si no será otro juego que te separe aún más de
nuestros asuntos.

ALFREDO.—¡Al contrario! Los amplía.

JAVIER.—*(Tira el libreto sobre el velador.)* ¿También
los amplían tus vídeos?

ALFREDO.—*(Acentúa su sonrisa.)* Aunque te parezca
mentira, sí. Ya lo verás.

JAVIER.—Nunca me los enseñas... ¿De qué tratan?

ALFREDO.—Son... como ejercicios... Un ejercicio.

JAVIER.—No entiendo. *(ALFREDO se levanta y pone
su mano sobre el aparato.)*

ALFREDO.—Como un espejo.

JAVIER.—¿De qué?

ALFREDO.—*(Retira su mano del aparato.)* Dejé-
moslo. Estas cosas a ti no te interesan.

JAVIER.—Tienes razón. No me interesan. Diviértete.
(Se levanta y pasea. Se detiene y lo mira.) Quizá deberías
ver al médico para que te recetase algún antidepresivo.

ALFREDO.—No estoy deprimido.

JAVIER.—*(Vacila en hablar.)* Todos lo estamos alguna
vez... También yo necesito a veces estimularme. Con
algo que... quizá te vendría bien probar. Si uno sabe
medirse, es eficacísimo. Hoy se usa mucho...

ALFREDO.—*(Lo interrumpe secamente.)* Ahora soy
yo el que no te entiende.

JAVIER.—*(Después de un momento, desvía la vista.)*

Bueno, son cosas que tampoco a ti te interesan. ¡Pero vuelve a la finca, y a tu despacho, y a tus viajes! Y deja de una vez esos juguetes. ¡Pareces un niño!

ALFREDO.—Ojalá lo fuera.

JAVIER.—*(Reprime su irritación.)* Papá, todo esto es un desatino.

ALFREDO.—¡Que tú respetarás!

JAVIER.—No dirás que no lo respeto. Pero ni tú ni Sandra estáis lo bastante seguros en esta casa.

ALFREDO.—Estamos protegidos lo mejor posible... Y lo que haya de suceder nadie lo evita, ni en la ciudad ni en la finca.

JAVIER.—¿Qué estás diciendo? ¿También vas a creer ahora en el tópico de la fatalidad? [Ésas son sandeces de los dramas antiguos.] A lo que yo temo es a la maldita casualidad, que nos propina el peor golpe si no lo prevenimos a tiempo. No tientes a la casualidad. Tú eres un organizador, tú sabes mandar en los hechos y en ti mismo. ¡Sigue mandando y haz lo que te conviene, no lo que se te antoje!

ALFREDO.—Te aseguro que me conviene estar aquí.

JAVIER.—*(Harto.)* ¡Como quieras! ¿La sede de la fundación, por fin, en nuestro palacio de la Castellana?

ALFREDO.—¿No te gusta? Es el sitio más apropiado.

JAVIER.—Sí... Sin embargo... *(Molesto.)* ¿No podrías cerrar la ventana? Esa musiquita no deja pensar.

ALFREDO.—Es agradable...

JAVIER.—En otro momento. Te iba a decir que... *(El minueto termina.)* Ni que nos hubiera oído.

ALFREDO.—Sí. ¿Qué me ibas a decir?

JAVIER.—Bueno, no importa. *(Pasea.)* ¡Sí importa! ¡Lo que no me parece bien es que, mientras tú te diviertes aquí, quieras confiarle la fundación al sudaca! Le pagas el proyecto y que se vaya con viento fresco.

ALFREDO.—¿A su país?

JAVIER.—¡A donde quiera!

ALFREDO.—Ya has visto que no va a volver allá ni a separarse de Sandra.

JAVIER.—*(Se detiene.)* ¡O sea, que se nos casan!

ALFREDO.—Podría ser. ¿Y qué? *(Va al primer término.)* El muchacho vale, y si ella le quiere...

JAVIER.—¿Y lo dices tan tranquilo? ¡Hay que impedir esa atrocidad!

ALFREDO.—Mucho cuidado con lo que haces. Si se les separa contra su voluntad, ella le querrá todavía más. *(Va hacia el fondo.)* ¿Te sirvo algo?

JAVIER.—No gracias. *(ALFREDO mira hacia el patio, cierra la ventana y se prepara una bebida.)* ¿No crees que convendría ir anunciando que creabas tu fundación? La noticia podría ser un buen parachoques.

ALFREDO.—*(Se acerca a él con el vaso en la mano.)* Habrá que darla, sí... *(Bebe.)* [Don] Luis se está moviendo. Me asegura que saldremos bien librados.

JAVIER.—Pero a mí, como presidente de nuestro banco, me han citado a declarar.

ALFREDO.—¡Vaya! Me reservabas la peor novedad para el final.

JAVIER.—Tranquilízate. Se lo van a pensar antes de proceder contra los copropietarios de una empresa de armamentos como la nuestra. A lo sumo, nos impondrán una multa por haber invertido de buena fe equivocadamente.

ALFREDO.—¡No debimos meternos en esto! *(Bebe, irritado.)*

JAVIER.—*(Se encoge de hombros.)* ¡Tú lo firmaste!

ALFREDO.—¡No me hablaste del posible destino de los fondos!

JAVIER.—Porque ya lo sabías.

ALFREDO.—¡No lo sabía!

JAVIER.—*(Con maligna sonrisa.)* ¿De verdad se te ha olvidado? ¿Habrá que pensar en incapacitarte?

ALFREDO.—*(Va hacia él, colérico.)* ¿Qué has dicho? *(Se miran fijamente.* ALFREDO *da un paso más hacia su hijo.)* ¿Desde cuándo piensas en eso?

JAVIER.—Sólo han sido unas palabras irritadas... Nunca he pensado en semejante disparate.

ALFREDO.—¡Ahora sí lo has pensado! *(Golpecitos en la puerta. Se miran los dos. La puerta se abre. Entran* SANDRA *y* RENÉ. ALFREDO *muestra inmediatamente una sonrisa amable. Sonriendo a su vez,* JAVIER *se vuelve hacia los recién llegados.)* Perdón por haber invadido vuestro refugio. Nos vamos ya.

SANDRA.—Hola, papá. *(Lo besa e ignora a su hermano. Se sienta.)*

RENÉ.—Buenas tardes.

JAVIER.—Buenas tardes.

ALFREDO.—¡Siéntese, René! *(A su hija.)* Precisamente hablábamos de vuestro magnífico proyecto de fundación. *(A* RENÉ.*)* Usted, naturalmente, recibirá en seguida su justa remuneración por este trabajo.

RENÉ.—*(Sentándose.)* No es necesario. No deseo cobrar nada por él.

ALFREDO.—*(Se sienta.)* ¿Por qué no? Aunque vaya a formar parte de la dirección, esta primera aportación no debe ser desinteresada. Nosotros pagamos siempre nuestros encargos.

RENÉ.—Pero Sandra ha trabajado conmigo...

JAVIER.—Es diferente. No olvide que ella pertenece de hecho a la parte encargante. ¿Verdad, hermanita? *(SANDRA lo mira fríamente y aparta la vista.)* ¡Eh, que estoy aquí! Ni siquiera me has dicho hola...

SANDRA.—Tú y yo no tenemos nada de que hablar.

JAVIER.—¡Cómo! ¿Esas tenemos?

SANDRA.—*(Se levanta y va a sentarse junto a* RENÉ.*)* ¡Lo que le propusisite a René es una cerdada!

ALFREDO.—¡Hija, por favor…!

JAVIER.—*(Mira su reloj y opta por sentarse.)* No me lo tomen a mal ninguno de los dos. *(A* SANDRA.*)* Y tú debes entender mi preocupación por ti. Pero ya que René prefiere quedarse… No hace un minuto que le estaba elogiando a papá los aciertos de vuestro proyecto.

ALFREDO.—Sandra, puesto que René va a trabajar con nosotros, ese disgustillo con tu hermano debe acabar. ¿No te parece? *(*RENÉ, *que sonreía, empieza a reír suavemente.)*

JAVIER.—¿Lo encuentra gracioso?

RENÉ.—*(Se levanta.)* Perdón. Perdónenme todos. *(Mientras va al mueble bar.)* ¿Me permite, don Alfredo, que yo también me sirva algo?

ALFREDO.—*(Ademán hacia el mueble.)* ¡Por Dios! Discúlpeme si no le he ofrecido… ¿Quieres tú algo, hija?

SANDRA.—*(Que no pierde de vista a* RENÉ.*)* No.

RENÉ.—*(Mientras se sirve.)* Me reía porque no pude evitar el recuerdo de ciertos interrogatorios.

ALFREDO.—¿Qué interrogatorios?

RENÉ.—*(Muy sonriente.)* Lo siento… Es una comparación desdichada.

JAVIER.—¿Qué comparación?

RENÉ.—Por favor, no se molesten… *(Bebe un sorbo.)* Pero me acordaba de cierta técnica… A mí me la aplicaron una vez, en mis tiempos de estudiante. *(Ríe levemente.)* Primero viene el duro, el impacable. Y si no saca nada en limpio, viene otro y procura ablandar al detenido con buenas palabras y un cigarrillo. *(Un silencio incómodo.)*

ALFREDO.—En efecto, una comparación desdichada. Porque si soy yo el segundo policía, no le he pedido que se marche, sino que se quede.

RENÉ.—Claro, perdóneme. Sólo pensaba que los dos pretenden, en el fondo, lo mismo.

ALFREDO.—Eso es. Los dos queremos que se quede. Javier es más compresivo de lo que supone.

RENÉ.—Disculpen.

ALFREDO.—*(Se levanta.)* Bien. *(Va a recoger el libreto.)* ¡Pues ya no queda sino emprender la tarea con todo entusiasmo! En este proyecto...

RENÉ.—Perdóneme de nuevo. *(Fugaz mirada a* SANDRA.*)* Yo aún no he decidido si me incorporaré o no a esa fundación.

SANDRA.—*(Sorprendida y turbada.)* ¡René! Ayer mismo me dijiste...

RENÉ.—Sí. Soñábamos juntos. Pero todavía lo tengo que pensar. *(Lo ha dicho con alguna turbación. Sobreviene otro incómodo silencio.)*

JAVIER.—*(Muy suave.)* ¿Qué tiene que pensar? *(*SANDRA *se levanta con mala cara, cruza y se sienta bruscamente en uno de los silloncitos para que no vean su alterada fisonomía.)*

RENÉ.—*(Los mira a los dos y, al fin, a ella.)* Tengo que pensar... en mi país. *(Sin volver la cabeza, levanta* SANDRA *su cara descompuesta.)*

JAVIER.—*(Hostil, superior, se levanta.)* Perfecto. Eso significa que usted considera todavía mi primera propuesta. *(*SANDRA *se vuelve y lo mira, desencajada. Javier vuelve a consultar su reloj y recoge su portafolios.)* Por mi parte, y supongo que con la aprobación de mi padre, mi oferta se mantiene. Se me ha hecho tarde. Adiós. *(Rápido y sin mirar a nadie, va a la puerta y sale.)*

ALFREDO.—*(Débil.)* La mía también. Iba a decirle que en este anteproyecto...

SANDRA.—*(Seca.)* Papá, no hablemos de eso. *(Está observando intensamente a* RENÉ, *que deja su vaso, se acerca a ella y le pone una mano en el hombro.)*

RENÉ.—Escucha, Sandra... *(Ella lo rehúye y se levanta.)*

ALFREDO.—Os dejo si queréis...

SANDRA.—*(A* RENÉ.*)* No aquí. Vámonos.

ALFREDO.—Cerrad y nadie os molestará... *(Deja el libreto sobre la mesa y da unos pasos.)*

SANDRA.—*(A su padre.)* No te vayas. Nos vamos a mi piso.

RENÉ.—Quizá mejor a otro lugar... *(Aparece en la puerta* LORENZA.*)*

SANDRA.—*(Con agria sonria.)* ¿A... nuestra tarde eterna?

RENÉ.—No, Sandra. A un café cualquiera.

SANDRA.—A nuestra tarde eterna o a un ningún otro lado.

ALFREDO.—¿A vuestra tarde eterna? ¿Qué es eso?

SANDRA.—Una broma. Una cursilería nuestra.

LORENZA.—Perdón. ¿Les apetece algo?

SANDRA.—No, mami. Nos vamos.

LORENZA.—*(A* ALFREDO.*)* ¿A usted tampoco?

ALFREDO.—*(Pendiente de la pareja.)* Sí... Lléname otra vez mi vaso. *(*LORENZA *avanza, toma el vaso que él le tiende y va al mueble bar.)*

SANDRA.—*(Terminante, a* RENÉ.*)* ¿Salimos?

RENÉ.—Cuando quieras. *(Inician la marcha.)*

ALFREDO.—Insisto, hija... No os vayáis. Id a tu

cuarto; a mí no me importa. (LORENZA *lo mira con gesto indefinible y sigue en su tarea.*)

SANDRA.—No. Adiós.

ALFREDO.—*(Con humilde sonrisa.)* Preferiría un «hasta luego»...

SANDRA.—*(Se detiene.)* Temo que tarde o temprano habrá un adiós, papá.

ALFREDO.—Espero que los dos penséis con serenidad en lo hermoso que sería trabajar juntos en mi fundación... Hasta cuando quieras, hija.

SANDRA.—Vamos, René. *(Sale la primera y* RENÉ, *tras una leve inclinación de despedida, sale a su vez. Pasan unos segundos.)*

LORENZA.—*(Le tiende la bebida a su señor.)* Su vaso.

ALFREDO.—*(Caviloso, recoge el vaso maquinalmente.)* Gracias. ¿Está mi escolta en el recibidor?

LORENZA.—Como siempre. Y el gorila de la niña en la calle. Descuide. (ALFREDO *bebe un buche.* LORENZA *atisba por los vidrios de la ventana.)* Ya anochece. Me voy para dentro. *(Echa a andar.)*

ALFREDO.—*(Pensativo.)* Abre un poco la ventana, mami. Empieza a hacer calor.

LORENZA.—*(Con un gruñido irónico, obedece.)* Y con el calor se abrirán todas las ventanas.

ALFREDO.—*(La mira.)* ¡Claro!

LORENZA.—Claro. *(Va a cruzar.)*

ALFREDO.—¿Por qué no te sirves tú algo y charlamos?

LORENZA.—*(Asombrada.)* ¿De qué?

ALFREDO.—De esa pareja... De las cosas...

LORENZA.—Es que tengo que hacer.

ALFREDO.—Anda, tómate algo y charla conmigo.

LORENZA.—*(Hosca, para sí.)* Como entonces.

ALFREDO.—¿Qué dices?

LORENZA.—Nada.

ALFREDO.—¿Te sirvo yo? ¿Qué te apetece?

LORENZA.—*(Fríamente.)* Si se empeña... Acostumbrados nos tiene a no decirle a nada que no. *(Va al mueble.)* Yo misma lo hago. Un anisito no me caerá mal.

ALFREDO.—*(Va a sentarse a un silloncito.)* Desarruga el ceño, mujer... Parece como si todos estuviéseis contra mí...

LORENZA.—*(Seca.)* Qué cosas dice. *(Toma del mueble una copa y, después de pensarlo, la llena hasta el borde.* ALFREDO *bebe un poco.)*

ALFREDO.—¿Te pasa a ti algo conmigo?

LORENZA.—Vaya pregunta. *(Se acerca con su copa y permanece de pie.)*

ALFREDO.—*(Riendo.)* Así no, mami... Siéntate aquí. *(Le señala otro silloncito.)*

LORENZA.—Como usted mande. *(Se sienta.)*

ALFREDO.—Bebe, bebe un poquito. *(Ella bebe primero una pizca y en seguida se gratifica con un trago algo mayor.)* ¡No tan aprisa! Te vas a achispar.

LORENZA.—Un día es un día.

ALFREDO.—¡Vaya cara de funeral! Alégrate, mami Lorenza. Siempre hay problemas, pero creo que van a resolverse y que todo quedará en casa. Incluso ellos. Y entonces, tú también te quedarías, ¿no?

LORENZA.—Yo, con mi niña siempre. Ya lo sabe usted.

ALFREDO.—A propósito: ¿habéis arreglado ya que venga esa costurera a hablar con Sandra?

LORENZA.—Mi niña dijo que cuando nos fuéramos al otro piso.

ALFREDO.—¿Y si no os vais? Ese René es terco,

pero yo creo que los dos terminarán por quedarse aquí. ¿Por qué no hablas con Sandra y llamas a esa modista? Para sujetar más a la niña a este piso, ¿comprendes?

LORENZA.—Descuide. Si Sandrita se queda, llamaré a esa tonta.

ALFREDO.—*(Sorprendido.)* ¿Tonta? ¿Cómo sabes que es tonta? ¿Has hablado alguna vez con ella?

LORENZA.—No.

ALFREDO.—Pues no la juzgues por simples chismes de vecindad.

LORENZA.—Nadie me ha dicho nada. Es una idea mía. *(Bebe otro sorbo.)* ¡Uf! Esto es muy fuerte. *(Deja el vaso sobre el velador.)*

ALFREDO.—Conque una idea tuya, ¿eh? ¿Y de dónde la has sacado?

LORENZA.—Tiene razón. Yo no sé nada.

ALFREDO.—¡Claro que no! Es imposible que sea tonta. Discreta, recatada, sí lo parece. Y de una sensibilidad exquisita, a juzgar por la música que pone. Ya lo verás si viene. A lo mejor encuentras que es de tu misma pasta.

LORENZA.—*What?*

ALFREDO.—Quizá sea como tú, que no tienes un pelo de tonta. *(Ríe.)* Y hasta puede que os hagáis amigas.

LORENZA.—¡No! *(La luz del patio está descendiendo.)*

ALFREDO.—¿Por qué no? Si va a trabajar para Sandrita, puede que venga con frecuencia.

LORENZA.—No se haga ilusiones. *(Toma su copa y la apura.)*

ALFREDO.—¿Ilusiones de qué? ¡Fuiste tú misma quien sugirió que viniera!

LORENZA.—Sí. Para que usted viese cómo era.

ALFREDO.—¿Yo? Mami, el anís te hace decir disparates. Que ella es tonta, que yo me hago ilusiones... No sé de qué hablas.

LORENZA.—*You fraud!*

ALFREDO.—¿Farsante? ¿Eso me has llamado?

LORENZA.—¡Yo qué sé! Lo sé en inglés, no en español.

ALFREDO.—*(Se levanta.)* Sólo con una copita... Creí que aguantabas más.

LORENZA.—No es el anís. Es que nos conocemos hace muchos años.

ALFREDO.—*(Pasea.)* Desde que yo era niño. Pero entonces eras más amable con todos. Después te has vuelto algo arisca. Sobre todo, desde que me vine aquí.

LORENZA.—Desde mucho antes. *(Deja la copa en el velador.)*

ALFREDO.—¡Pues desde mucho antes!

LORENZA.—Desde que usted me violó. No; desde algo después.

ALFREDO.—*(Consternado.)* ¡Lorenza!

LORENZA.—¿No se dice así ahora? Entonces no se decía. Entonces yo fui la mami complaciente. Porque era algo mayor que usted, pero todavía muy mocita.

ALFREDO.—Habíamos quedado en no volver a hablar de aquello.

LORENZA.—Bien callada me he estado.

ALFREDO.—*(Contrito.)* Lorenza, yo no era más que un muchacho ardiendo en deseos... Y cuando te busqué, tú accediste.

LORENZA.—Según usted, como una mami. Porque ya miraba a la vecina.

ALFREDO.—Me gustaba mirarla... Y también me gustabas tú. Y te quise.

LORENZA.—Y me lo dijo muchas veces, ya lo creo. Mientras miraba a la vecina. Después se casó con otra pobre tonta y, de casado como de viudo, no le han faltado apaños. *You hit and run.*

ALFREDO.—¿Qué has dicho?

LORENZA.—Por atún y a ver al duque. Y yo, mami de verdad desde que nació su hija. Años y años, hasta hoy. Bendita sea.

ALFREDO.—Tú lo quisiste libremente, mami. Todo: lo nuestro y tu dedicación a Sandrita. Y siempre te lo he agradecido.

LORENZA.—¡Ah, sí! Me ha dado hasta dinero para mi vejez. Usted siempre presume de ser buen pagador.

ALFREDO.—¡No ha sido un pago!

LORENZA.—Llámelo como quiera. *(Corto silencio.)*

ALFREDO.—*(Melancólico.)* Lorenza, debiste casarte.

LORENZA.—Ni lo pretendí. Entonces daba mucho reparo no ir nueva al matrimonio.

LORENZA.—*(Con triste y turbada risa.)* Lorenza, no lo puedo creer. ¿No estarás celosa?

LORENZA.—No diga tonterías. *(Pero desvía la vista.)*

ALFREDO.—*(Deja su vaso sobre la mesa y va a ponerle las manos en los hombros.)* Si no lo estás, ¿por qué no recordar aquello como algo bello y bueno que nos sucedió a los dos y que nos permite seguir llevándonos bien? Tú nunca has sido una criada, sino una buena amiga de toda confianza. Una más en la familia.

LORENZA.—¡Qué va! Usted me tutea y yo a usted no.

ALFREDO.—Mujer,   son   costumbres   sociales...

(Vuelve a sentarse a su lado. En el patio reina ya la sombra nocturna.)

LORENZA.—Eso. Costumbres sociales. Como la de meterse los señoritos en la cama de las criadas. *(Alterada, se levanta y se aparta.)* ¡Otra costumbre antigua!

ALFREDO.—¡Tú accediste! Quizá por lástima, y siempre te estaré agradecido. Pero... ¿no sentiste por mí algo más que lástima?... *(Tras los visillos de la ventana frontera se enciende la luz.* LORENZA *no deja de notarlo y se va acercando a* ALFREDO *con el pecho agitado, tal vez al borde de las lágrimas, mientras lo mira fijamente. Va a hablar y cierra la boca, conteniendo con fuerza el aire de un improperio que se traga.* ALFREDO *profiere, disgustado.)* ¿Qué me ibas a soltar? ¿Algún dicharacho en tu inglés?

LORENZA.—Esta vez no. *(Recoge vaso y copa.)*

ALFREDO.—*(Con la cabeza baja.)* Tú no lo entiendes. Déjame solo, por favor.

LORENZA.—Sin favor. A mí ya me dejó sola hace muchos años. Pero ahora me alegro. *(Rápida, se retira por la izquierda con el vaso y la copa al tiempo que* ALFREDO *se levanta y da unos pasos hacia ella.)*

ALFREDO.—¡Lorenza! ¡Tú accediste! *(Se detiene y murmura para sí.)* Tú accediste... *(Se vuelve hacia el fondo y se acerca a su ventana. Observa la otra ventana y vuelve a mirar hacia la puerta, como si efectuase una confusa comparación. Espía de nuevo la ventana de la vecina. La luz desciende rápidamente hasta que sólo quedan iluminados los visillos de* ISOLINA SÁNCHEZ. *Finalmente la luz se extingue también tras ellos, al tiempo que se va aclarando el lateral derecho. En su ventanal crece el fresco fulgor de la verde espesura. Se enciende la pantallita y todo el primer término queda*

*iluminado al sesgo por ambarinas luces laterales. En-
lazados, entran por la izquierda* SANDRA *y* RENÉ. *Se
detienen en el centro.)*

RENÉ.—¿Por qué te has empeñado en venir aquí?

SANDRA.—Es un buen sitio para hablar tranquilos.

RENÉ.—Con un gorila en el bar de abajo. Y quizá
otro fuera. *(Se desprende, va a la mesita y empieza a
llenar los vasos.)*

SANDRA.—*(Con una risita.)* Los he despistado.

RENÉ.—*(Bebe un poco.)* Yo creo que no.

SANDRA.—Pues, si están abajo, que aguanten todo
lo que nos dé la gana. Aquí no van a subir. *(Se acerca, dulce.)* Y éste es nuestro reservado... Acuérdate.
(Toma el otro vaso.) Aquí vivimos nuestra primera
hora inolvidable. *(Bebe.)*

RENÉ.—*(Serio.)* Pero hoy sólo hemos venido a
hablar.

SANDRA.—*(Risueña, deja su vaso y le echa los brazos al cuello.)* ¿No me dejas que te seduzca? *(Le besa
repetidamente.)*

RENÉ.—*(Que responde a sus besos.)* Amor mío, es-
cúchame...

SANDRA.—¡Sí, pero luego! ¿Tú sabes lo que han
sido para mí dos meses sin tenerte?

RENÉ.—*(Tembloroso, mientra siguen acariciándose.)*
Y para mí... *(Ella lo lleva hasta el sofá, donde caen
ambos.)*

SANDRA.—Mi René... Mi René...

RENÉ.—*(Logra separarse con suavidad.)* Por favor,
Sandra. Hay tanto que decir... Y ya es de noche...

SANDRA.—¿De noche? Mira la luz de la espesura.

RENÉ.—Es artificial.

SANDRA.—No para nosotros. Aquí estamos en
nuestra tarde eterna.

RENÉ.—Tú misma has dicho que eso era una cursilería.

SANDRA.—No en este lugar. ¿Te acuerdas? No hay día ni noche. Aquí mismo lo dijimos. Sólo hay amor... Amor. (*Lo besa de nuevo, pero él procura apartarla con dulzura.*)

RENÉ.—Sandra, ya no tengo derecho a tu amor si antes no me escuchas.

SANDRA.—(*Molesta, se separa y toma su vaso.*) Está bien. ¿No querías hablar? Pues habla. (*Bebe.*)

RENÉ.—No me lo pongas difícil... Procuremos comprendernos lo mejor posible.

SANDRA.—¿Qué hay que comprender, si nos queremos? Dirigiremos la fundación y seguiremos siendo felices. ¿No es maravilloso?

RENÉ.—Sandra [mía...] Tú aún no eres mía. Sigues perteneciendo a los tuyos, que no son los míos. La oferta de tu padre te ha ganado en seguida, pero yo debo reflexionar. Porque yo no valgo para ser un ejecutivo más del gran capital.

SANDRA.—¿Por qué no? Mi padre no ha podido mostrase más abierto. Serás un ejecutivo que podrá prestar mucha ayuda a su país...

RENÉ.—Hasta que tu padre, y tu hermano, y tu banco, digan que no. Y yo estaré ya atrapado.

SANDRA.—¿No te fías de mi padre?

RENÉ.—Lo hemos comentado muchas veces. También él está atrapado.

SANDRA.—Pero, con todos sus defectos, es hombre de palabra.

RENÉ.—Sandra, no se trata de cualidades personales. Aunque tu padre pueda ser un buen sujeto, está atado por sus intereses. Y esa fundación también los tendrá que servir.

SANDRA.—Pero algo haremos...

RENÉ.—Sí. Y eso es lo que me hace dudar.

SANDRA.—*(Cariñosa.)* No lo dudes más.

RENÉ.—Tengo que dudarlo. Tú no sabes todavía hasta qué punto tu mundo puede llegar a ser siniestro... ¿Has oído hablar de Mundifisa?

SANDRA.—No sé... ¿Qué es eso?

RENÉ.—Una sociedad de financiación e inversiones. ¿No te habrán colocado en ella algo de tu propio dinero?

SANDRA.—Lo administra el banco, pero no mueven nada sin consultarme. Y esa sociedad no me suena.

RENÉ.—Pues si un día te lo proponen, estás avisada. Un amigo mío colombiano trabajó en ella y me ha dicho confidencialmente... Pero no. Perdona. De esto no debo hablar todavía. Lo prometí.

SANDRA.—¿En qué quedamos? ¿Hablas o no hablas?

RENÉ.—Sí, pero de la fundación. Mientras tú y yo trabajásemos tan contentos, año tras año, *(Irónico.)* y yo cada vez más próspero..., mi pueblo seguiría luchando desesperadamente, si aún no lo habían aplastado. Y quizá ni me sintiese ya... un desertor.

SANDRA.—¿Un desertor? Estás ayudando a los tuyos. Y también aquí hay mil cosas que remediar y a las que ayudar.

RENÉ.—No como allá. Acá todo está más sujeto, más difícil de cambiar. Y puede anularnos.

SANDRA.—¿Y no habrá también en tu país corrupciones... difíciles de cambiar?

RENÉ.—Ya las hay.

SANDRA.—¿Entonces?

RENÉ.—¡Aún estamos a tiempo! El pueblo cree todavía en su futuro. Pero están atrozmente cansados, hambrientos y miserables... Algunos que pueden hacerlo, se van y ya no regresan. Hay que procurar que no pierdan la moral, que sigan resistiendo bajo el enorme acoso sin fin que los hunde. Ayudarlos allá, más que desde fuera. Es urgente. Porque están casi ahogados.

SANDRA.—*(Triste.)* Quieres volver.

RENÉ.—Llevo muchos años aquí, Sandra. Apenas hablo ya como ellos, casi he perdido el acento... Soy como los que huyen ahora de mi país, pero yo huí hace mucho tiempo. Tengo cuanto necesito y te tengo a ti, que eres la mayor felicidad de mi vida. Y a mi gobierno le parece bien que siga en España, porque todo apoyo internacional es poco. *(Ríe, amargo.)* Ya ves el tipo raro que soy: tengo todo lo que puedo desear y pienso en regresar a aquel infierno.

SANDRA.—Si quieres volver, yo me iré contigo.

RENÉ.—Sandrá, tú no sabes...

SANDRA.—*(Le interrumpe poniéndole una mano en el hombro.)* ¡Yo también estoy harta de esta vida opulenta y llena de mentiras! Si tú eres un tipo raro, yo soy como tú. ¿Crees que no sería capaz de soportar estrecheces y peligros?

RENÉ.—¡Es que no quiero que los soportes! No podría mirarte a la cara sabiendo que te había condenado a una vida tan dura. Y quién sabe si a la tristeza...

SANDRA.—*(Ríe.)* Poco me conoces. ¡Yo puedo con todo! Si algo me corta el paso lo aparto de un empujón. *(Vuelve a reír.)* ¡Hasta sé un poco de karate! Oye: tú te vas, y algo después me marcho yo.

RENÉ.—Amor, tú no sabes lo que es aquello. Y tampoco querría yo que dijesen que mi compañera vive mejor que otros, y yo con ella de paso, porque puede comprar en el mercado negro.

SANDRA.—¡Bah! Otros lo estarán haciendo ya. ¡Anda, bebe un poco! *(Bebe, y él toma un sorbo de su vaso.)*

RENÉ.—No tengo derecho a imponerte aquella vida, Sandra. Allá, hasta en la capital hay tiroteos constantes, porque los mercenarios hacen incursiones desde la selva cercana. Y los niños han llegado a creer que la guerra es la manera normal de vivir; no han conocido otra cosa. Está decretado que todos estudien, pero el resto del día buscan lo que pueden para comer, ¡ellos solitos!, porque sus papás están trabajando y los salarios no llegan ni para lo más preciso. Golfos a la fuerza... Medio kilo de carne vale la décima parte del sueldo mensual, así que nunca la toman. En las escuelas, un libro para cada diez alumnos; cuadernos y lápices, también racionados y compartidos. Para los adultos, cualquier obsequio es un tesoro. Un bolígrafo, un reloj, no digamos un perfume... Los visitantes regresan casi con lo puesto: han regalado sus camisas, sus pantalones... En las farmacias no hay aspirinas ni pasta de dientes; sólo sustitutivos que ellos inventan. No encontrarás un buen jabón; lo hacen con sebo y otros potingues... Tampoco hay papel higiénico; usan los diarios. Por eso no se ha podido evitar el mercado negro. En él hay lo que quieras, pero, ¿quién puede comprar? ¿Y en dólares? Los extranjeros que los llevan, las legaciones... La especulación es una lepra que crece y hasta los sindicatos se oponen a veces al gobierno. A todo eso nos han condenado con su cerco implacable los poderosos de la tierra.

SANDRA.—Pero... si es como dices... ¡estáis perdidos!

RENÉ.—¡No, mientras resistamos! Y hay que sumarse a esa resistencia.

SANDRA.—René, a tu lado yo también sabré resistir.

RENÉ.—Cariño mío, no estoy loco y no te arrastraré conmigo. Tal vez allá, un día, nuestro amor se apagase y quedase reducido a cenizas.

SANDRA.—Y si te vas, ¿cuánto duraría? ¡No quiero que se apague! ¡No te vayas!

RENÉ.—Sandra, ayúdame.

SANDRA.—¿A irte sin mí? ¡No puedo ni quiero! No mates nuestro amor.

RENÉ.—¿Crees que no debo irme?

SANDRA.—¡No lo sé! Sólo sé que, si te vas, yo me reuniré contigo. *(Dulce.)* Y si no te vas, te querré aquí toda mi vida. *(Ríe, nerviosa.)* ¡Y no se hable más! Tú decides. *(Se echa en sus brazos y lo besa varias veces.)* ¡Tú!... ¡Tú!...

RENÉ.—Sandra, Así no me ayudas. *(Su expresión ha cambiado. Se aparta de ella, se levanta y avanza hacia el proscenio.)*

SANDRA.—*(Imperiosa.)* ¡Tú decides! Pero no cuentes con que, si te vas, no vaya yo después.

RENÉ.—Es que... si me voy... no debo irme con las manos vacías.

SANDRA.—*(Descompuesta, se levanta y se acerca.)* ¿Quieres dinero?

RENÉ.—*(Se vuelve hacia ella.)* ¡Del tuyo, ni una peseta más! Yo no soy ningún chulo de niñas ricas. *(Muy afectada, se aparta ella hacia el centro.)*

SANDRA.—Quisiera no entenderte... ¿Estás pensando en la oferta de mi hermano?

RENÉ.—Te pregunto yo a mi vez: ¿Tengo el derecho de rechazarla en la situación tan apurada que mi pueblo atraviesa? El dinero de tu hermano sí podría admitirlo; poco me importa si piensa que me lo voy a apropiar.

SANDRA.—*(Entre sentimientos encontrados.)* Hagamos una cosa... Acéptalo, te vas y lo entregas. Meses después llego yo, y tú no puedes ya devolver nada... Le habremos engañado, pero a mí tampoco me importa.

RENÉ.—*(Con triste sonrisa.)* Sandra, más de uno te diría que ésa sí era la auténtica moral revolucionaria... Pero yo no lo creo y estoy convencido de que es otro de los errores que debemos rectificar. Nosotros sí debemos ser gente de palabra.

SANDRA.—Entonces... ¡No puedo creerlo!... ¿Me estás diciendo que aceptarás la oferta de Javier... y que no debemos volver a vernos?

RENÉ.—*(Débilmente.)* Si me voy, sí.

SANDRA.—¿Que debemos separarnos para siempre?

RENÉ.—Si no me quedo, así tendrá que ser.

SANDRA.—*(Con sarcástica sequedad.)* Porque eres un hombre de palabra.

RENÉ.—Y porque no debería rechazar esa donación a mi país. *(Conmovido.)* Sandra, quizá nuestra tarde eterna sólo haya sido un sueño. *(Mira el ventanal.)* Dentro de unas horas apagarán luces y la tarde desaparecerá de ese ventanal. Quién sabe si también acabaría algún día nuestro cariño, aunque no me fuese... Y eso sería más doloroso aún. Pero te ruego que seas tú quien decida. ¿Debo marcharme?

SANDRA.—¿Para qué, si tú ya lo has decidido?

RENÉ.—*(Angustiado.)* ¡No! Si hubiese razones para no irme, que yo no haya acertado a descubrir... ¡Dámelas tú, si las tienes!

SANDRA.—¿Razones? Si me quisieses, no pedirías

razones y no vacilarías en quedarte. Empiezo a comprender... que nunca me has querido.

RENÉ.—¡No digas eso!

SANDRA.—¡Yo sí! ¡Yo sí te quiero!

RENÉ.—¡Y yo a ti! ¡Con todo mi ser!

SANDRA.—*(Llorosa.)* ¡Todo te lo ofrezco! ¡Hasta vivir en tu país! ¡Hasta llevar allí más de lo que mi hermano te ha ofrecido para separarte de mí, y tu conciencia lo rechaza! ¡El dinero de Javier no, porque es más rápido y más seguro! ¡Para ése tienes otra conciencia!

RENÉ.—*(Se acerca a ella.)* ¡Es la misma! ¿No lo comprendes?

SANDRA.—*(Sin mirarlo.)* Y todavía pretende que sea yo quien diga que se vaya, cuando él ya lo ha decidido.

RENÉ.—*(Se acerca otro paso.)* ¡No!

SANDRA.—*(Retrocede.)* ¡No te acerques! *(Se cubre los ojos con las manos para contener y secar sus lágrimas.)* ¡Ah, qué ciega he estado! *(Se encara con él.)* Te separas de mí porque mi hermano te pone en el bolsillo unos millones.

RENÉ.—¡Para entregarlos! ¡Y aún no he dicho que me vaya a ir! ¿No te das cuenta del terrible dilema en que me ha puesto tu hermano?

SANDRA.—¿Para entregarlos?

RENÉ.—Es lo que haría. Lo sabes muy bien.

SANDRA.—Yo ya no sé nada... De pronto, me pareces otro...

RENÉ.—¡Sandra, me ofendes! ¿Cómo puedes sospechar siquiera que yo pudiese quedarme con ese dinero? ¿Es que no me conoces?

SANDRA.—*(Respira fuerte y se sobrepone.)* En efecto, te desconozco. Puesto que ya lo has resuelto, vete.

Y cuanto antes. Adiós. *(Se encamina, rápida, hacia la izquierda.)*

RENÉ.—*(Tras ella.)* Te juro que mi mayor deseo es quedarme... Sigamos hablando...

SANDRA.—*(Se detiene.)* ¡Ya está todo hablado!

RENÉ.—¡Aún no! ¡Te acompaño!

SANDRA.—¡No! *(Y sale. RENÉ se detiene y se abstrae, desalentado.)*

RENÉ.—*(Musita.)* No es posible... No es posible... *(Lenta oscuridad, en la que brilla solamente el verdor del ventanal, que se apaga también mientras suena de nuevo, ahora con fuerza impresionante, el movimiento de la tercera sinfonía de Beethoven. En la densa negrura, luz repentina sobre RENÉ en actitud de búsqueda. Su voz y la inmediata de ALFREDO, aunque angustiadas, suenan, susurrantes, sin el menor énfasis.)* ¡Sandra! ¡Sandra! ¡Me quedo! *(Oscuridad y luz repentina sobre ALFREDO, derrengado en un asiento de la sala.*

ALFREDO.—¡Sandra, no me digas adiós! *(Oscuridad y luz sobre RENÉ, en otro lado del proscenio.)*

RENÉ.—¡No te vayas! ¡Haré lo que tú quieras! *(Oscuridad y luz sobre ALFREDO).*

ALFREDO.—¡Seremos una familia verdadera! *(Oscuridad. Luz sobre RENÉ, en otro lugar.)*

RENÉ.—¡Viviremos en nuestra tarde eterna! *(Oscuridad. Luz sobre ALFREDO.)*

ALFREDO.—¡El tiempo está en nuestras manos! *(Oscuridad.)*

SANDRA.—*(Su voz, distante.)* Adiós... *(Luz sobre RENÉ en otro lugar.)*

RENÉ.—¡No huyas de mí! *(Oscuridad.)*

SANDRA.—*(Su voz, muy lejana.)* Adiós... *(Oscuridad, en la que los solemnes sonidos de la sinfonía «Heroica» se van amortiguando hasta que cesan, mientras en la sala se encienden las dos pantallas. En el patio, noche cerrada. En batín y sentado ante el vídeo, que está funcionando,* ALFREDO. *El gráfico empresarial ha vuelto a cubrir en el rincón derecho la falsa verdura del ventanal, pero apenas se distingue nada en su densa sombra.)*

ALFREDO.—*(Murmura.)* No me hagas soñar otra vez mi pesadilla... No te vayas. *(Contempla su vídeo con obsesiva fijeza.* LORENZA *aparece en la puerta y lo observa. Viene en bata.)*

LORENZA.—¿No se acuesta? *(*ALFREDO *se sobresalta, apaga el vídeo con el mando y se vuelve hacia ella.)*

ALFREDO.—¿Eh?

LORENZA.—*(Da unos pasos.)* Es muy tarde. Vállase a la cama.

ALFREDO.—*(Mirando su reloj.)* ¿Qué hora es?...

LORENZA.—Más de las cuatro.

ALFREDO.—Y la niña sin venir.

LORENZA.—*(Con sorna.)* ¿Y eso le preocupa?

ALFREDO.—¿A ti no?

LORENZA.—Como si fuera la primera vez. Igual se ha ido a su piso.

ALFREDO.—¿Entonces, por qué no te has acostado tú?

LORENZA.—*(Titubea y profiere.)* ¡Diablo de hombre! ¡Porque la niña no ha vuelto! *(Se sienta bruscamente en cualquier sitio.)* Yo la espero siempre aunque no sepa si va a volver.

ALFREDO.—*(Sin mirarla.)* Yo también. ¿Dónde estará? ¿Le habrá pasado algo? *(La mira.)* ¿Verdad que siempre pensamos esas cosas?

LORENZA.—Menos mal que nunca pasan.

ALFREDO.—No. Y ella va escoltada. *(Consulta su reloj.)*

LORENZA.—Pero es muy tarde.

ALFREDO.—Se habrá ido a su piso. *(Breve silencio.)*

LORENZA.—*(Va a levantarse.)* Me voy a la cama.

ALFREDO.—Mami, tú sí que has sido su verdadera madre.

LORENZA.—*(Continúa sentada.)* Pues no le dé otra.

ALFREDO.—¿Qué dices? Yo no pienso...

LORENZA.—Claro que lo piensa. Yo no me chupo el dedo. *(ALFREDO la observa de reojo, se levanta, deja el mando sobre el vídeo y enciende un cigarrillo. Pasea y fuma. LORENZA empieza a levantarse de nuevo.)*

ALFREDO.—Nada se te escapa... Sí. Lo pienso. *(De pie, ella le clava la mirada. Él habla con humildad.)* ¿Tanto te costaría aceptarlo? Tú ya tienes a Sandra. Más que yo. Y ya somos viejos...

LORENZA.—[Yo si soy vieja. Usted no. Y] tampoco tengo yo a Sandra. Nadie la tiene.

ALFREDO.—¡Pues vamos a recuperarla juntos!

LORENZA.—¿Con don René?

ALFREDO.—*(Asiente.)* ¡Con René!

LORENZA.—¿Con la señorita Isolina Sánchez?

ALFREDO.—*(Se separa un poco y habla con dulzura.)* Siempre has sido comprensiva, mami. Compréndeme ahora...

LORENZA.—No me llame mami. Si yo no la traigo, usted traerá a esa señorita. Se saldrá con la suya, como siempre. *(Él se aparta aún más. Ella va hacia él.)* Pero no piense que yo vaya a ser también una mami para ella. ¡Ni para usted! Para Sandra y para don René, sí... Son jóvenes. Para usted y para esa señorita, no.

ALFREDO.—*(La toma por los codos.)* Lorenza, si

me quisiste algo, no me guardes rencor. Aquello pasó y tú ya no puedes quererme...

LORENZA.—No.

ALFREDO.—Pues por el cariño que me tuviste y que ya no me tienes, sigue viéndome como al muchacho que fui y tolérame como entonces, cuando nos quisimos... Por que tú me quisiste un poco. Reconócelo.

LORENZA.—*(Tras un fuerte suspiro, baja la cabeza.)* Yo consentí por miedo.

ALFREDO.—*(Asombrado, retrocede un paso.)* ¿De qué?

LORENZA.—Usted era muy caprichoso y dominante. Me dio miedo que usted inventase cualquier enredo para que sus padres me echasen, si no consentía.

ALFREDO.—¿Yo?

LORENZA.—*(Se vuelve a mirarlo.)* Mi padre había muerto en la guerra. ¿Lo sabía usted?

ALFREDO.—*(Dudoso.)* Sí... Me parece recordar...

LORENZA.—Mi madre y yo nos quedamos en la miseria. Tuve que ponerme a servir casi de niña y el trabajo no abundaba. De pronto, la gran suerte: entrar en una casa como ésta. Y yo, muerta de miedo, por no tener ni para comer si me echaban... Mil veces me he dicho que no debí tener miedo... Pero lo tuve.

ALFREDO.—No... No puedo creer que lo tuyo conmigo fuera por miedo... ¿Fue sólo por miedo?

LORENZA.—*(Se aparta, alterada.)* ¿Y qué sé yo? *(Con los ojos húmedos.)* Entonces yo no sabía nada... Ni siquiera lo que sentía... Una ignorante. *(Conmovido,* ALFREDO *se va acercando a ella y se detiene cuando* LORENZA *vuelve hablar.)* Y ahora vuelve a esta casa, pendiente otra vez de Isolina Sánchez. *(Le tiembla la voz.)* ¿Qué se propone? ¿Lo que conmigo y con otras? ¡Si ya es madurita!... Puede pagárselas mejores. *(Baja la voz.)* Ya, ni hijos le podrá dar ella.

ALFREDO.—*(Dolido.)* Lorenza, por favor.

LORENZA.—*(Con repentina furia.)* ¡Usted está loco! ¡Loco entre esa ventana y ese cacharrito! *(Señala al vídeo.)* Para recordar, le he oído decir. ¡Ja! Mejor recordaría mirando las fotos de la familia y los amigos, como hacen las personas en sus cabales. ¡Pero usted, no! Usted, mirándose y remirándose ahí cómo le cambia la nariz en comparanza a como la tenía antes... *(Acerca su cara a la de él.)* Porque lo que de veras le importa es usted mismo y nadie más. Ni esa modista. Ni siquiera Sandra.

ALFREDO.—*(Le aferra un brazo.)* ¡Lorenza, es suficiente!

LORENZA.—¡Suélteme! *(Se suelta con un brusco ademán.)* Yo digo lo que se me antoja. Y usted ya no me manda. *(Le da la espalda y va a salir cuando la detiene el timbre del teléfono. Ambos se sobresaltan.* ALFREDO *da unos pasos inseguros hacia el aparato y se para, mirando su reloj.)*

ALFREDO.—Las cuatro y media. *(Ella gime sordamente.)* Tal vez sea... algún asunto inesperado...

LORENZA.—*(Quedo.)* ¿A esta hora? *(El teléfono sigue sonando.* ALFREDO *no se atreve a descolgar.)* ¡Dios mío!... (ALFREDO *descuelga.)*

ALFREDO.—Diga... ¡Sí, soy yo! ¡Diga! *(Escucha con ansiedad creciente.)* ¿Cómo que la ha perdido? ¡Su obligación es no perderla! ¡Y usted tiene su coche!...

LORENZA.—*(Retorciéndose las manos ha ido acercándose.)* ¿A Sandra? (ALFREDO *le ordena callar con un gesto.)*

ALFREDO.—¿Qué?... ¿Cómo? ¡No entiendo!... ¿La

encontró o no la encontró? ¡Vaya, menos mal! ¿Dónde?...

LORENZA.—¿Donde?

ALFREDO.—*(A media voz.)* Ante su piso. *(Al aparato.)* Entonces, ¿por qué llama?...

LORENZA.—*(Muy quedo.)* ¡Ay, Dios mío!...

ALFREDO.—¿Qué?... *(Exaltado.)* ¿Qué dice? ¡No le entiendo nada!... ¿Cómo, en la acera?... ¡No! *(Tiembla visiblemente.)* Pero... ¿vive?... ¡Le pregunto si vive!... ¡Conteste! *(ALFREDO ahoga un gemido estremecedor. Se le escapa el auricular de la mano. A su lado,* LORENZA *le golpea en el pecho con los puños cerrados.)*

LORENZA.—¡Bastardo! ¡Pelele! ¡Hijo de puta! *(Lo ha gritado entre sollozos ante las espantadas pupilas de* ALFREDO, *que no reacciona. Oscuridad súbita y reiteración simultánea del motivo beethovenniano. Poco a poco la música pierde intensidad y la claridad de una mañana radiante retorna a la habitación. La ventana está abierta de par en par. La ventana frontera sigue cerrada. Por unos instantes, la escena sola. La música, ya muy tenue, cesa. Entra por la puerta* RENÉ *y se detiene, observando la estancia vacía. Avanza con un dolorido suspiro, depara una distraída mirada al pario y se acerca al vídeo, considerándolo con triste sonrisa. Después de espiar hacia la izquierda, toma el mando y lo acciona. El vídeo comienza a funcionar. Sin apagarlo,* RENÉ *lo para. De luto riguroso,* ALFREDO *entra por la izquierda y se detiene.)*

ALFREDO.—¡No toque eso! *(RENÉ deja el mando sobre el aparato.* ALFREDO *avanza unos pasos.)* No esperaba volverle a ver. ¿A qué ha venido?

RENÉ.—A recoger cosas de mi pertenencia.

ALFREDO.—Pues hágalo y márchese.

RENÉ.—Ya lo he hecho. Lo he dejado todo dentro de mi maleta, en el recibidor.

ALFREDO.—Entonces ¿qué hace aquí?

RENÉ.—Aguardaba para devolver las llaves. *(Las saca del bolsillo, las enseña y las deja sobre el velador.)* Se las habría dado a Lorenza, pero no la he visto. Y también quisiera despedirme de ella.

ALFREDO.—Lorenza se marchó hace días.

RENÉ.—¿A dónde?

ALFREDO.—No lo sé. ¿Algo más?

RENÉ.—No. *(Cruza para salir. Se vuelve.)* Es decir, sí. Porque en el cementerio preferí no acercarme a ustedes.

ALFREDO.—Ya vi que no se atrevió.

RENÉ.—No es que no me atreviera, es que no era el momento. Pero ahora sí querría saber algo más de... cómo sucedió. Y confirmar mis sospechas.

ALFREDO.—¡Ah! ¿Sospecha algo? Pues también a mí me gustará saber cosas que ignoro. ¿Por qué la dejó salir sola de aquel local?

RENÉ.—Discutimos.

ALFREDO.—*(Pasea irritado.)* ¡Discutieron! Y dejó que se fuese.

RENÉ.—¡No! Salí tras ella aprisa, pero ya arrancaba su coche... Usted sabe, señor, lo expeditiva que era. Reconozco que vacilé en pensar a dónde buscarla. Y pasé horas recorriendo los sitios que frecuentábamos... Cuando al fin me decidí a ir a su piso, ya había estado el juez y se la habían llevado. Sólo vi al portero y a unos curiosos que aún comentaban en la acera... Y me enteré de que usted y su hijo se habían ido también.

ALFREDO.—Todos los que debían cuidar de ella, fallaron. ¡Y usted entre ellos! *(Baja la voz.)* Poco he de poder si no logro que lo echen del país.

RENÉ.—[*(Saca lentamente un billete de avión, que exhibe.)*] No hace falta. Regreso al mío.

ALFREDO.—¡Tarde! Si usted no la hubiese conocido, yo la habría recobrado... en esta casa... *(Se le quebró la voz. Se derrumba sobre uno de los silloncitos.)* Usted no puede saber... lo que es perder... a una hija... Lo que es... morir por ella... Porque yo... ya estoy muerto.

RENÉ.—Yo no lloraré ante usted. Sólo quiero que me diga... cómo sucedió.

ALFREDO.—*(Procura serenarse.)* Ya lo sabe.

RENÉ.—No del todo.

ALFREDO.—¿Y qué más quiere saber? Fue atacada. Seguramente sabían quién era... Alguien la estaba esperando y ella se resistiría... Así era de valerosa y de imprudente.

RENÉ.—¿Quién la atacó?

ALFREDO.—¡No se sabe! Pero se sabrá. Un trasnochador la vio de lejos. Era un macarra. Juro que no escapará.

RENÉ.—¿Por qué la atacó?

ALFREDO.—¡Qué sé yo! Para secuestrarla... Quizá para abusar de ella.

RENÉ.—No. Después de los navajazos le quitó el dinero y salió corriendo. Es típico.

ALFREDO.—¡Quítese de mi vista! No puedo soportar la presencia de uno de los culpables.

RENÉ.—Yo tampoco. *(Breve pausa.)*

ALFREDO.—¡Qué dice?

RENÉ.—*(Se acerca a él.)* Siempre que usted recomendaba que tuviese cuidado, hablaba de asaltos sexuales, de secuestros... Nunca de otra cosa. Eso me hizo pensar.

ALFREDO.—¿Pensar? ¿Pensar qué?

RENÉ.—Y procuré informarme. ¡Tranquilícese! Todo era muy confidencial. Y aunque la prensa diga que hay que encontrarlas, nunca se encuentran las cabezas. Pero usted es una de ellas. Al menos en este país.

ALFREDO.—*(Desvía la vista.)* No sé de qué habla.

RENÉ.—De Mundifisa. *(Como movido por un resorte,* ALFREDO *se levanta y se enfrenta a* RENÉ *con los ojos chispeantes de ira.)*

ALFREDO.—¡Es una sociedad honorable y usted no sabe nada! ¡Fuera de aquí!

RENÉ.—Eso. No sé nada demostrable. *(Da un paso hacia él. Atemorizado,* ALFREDO *amaga un puñetazo, pero* RENÉ *lo reduce y le tapa la boca con la mano arrojándole al tiempo en uno de los silloncitos, donde lo mantiene a la fuerza sin permitirle gritar.)* Quisiera aplastarle como a un alacrán, pero no lo haré. Sus criados se me echarían encima y ese gorila del recibidor me despacharía sin vacilar. Y aunque estuviésemos solos, tampoco lo haría. Así que no grite. *(Lo suelta y se aparta.)* También yo estoy muerto desde que murió Sandra. Viviré, sin embargo, para una lucha más necesaria. En ella es donde lucharé contra usted, no aquí y a puñetazos.

ALFREDO.—*(Le ha escuchado con creciente desánimo hasta ocultar el rostro en sus manos.)* Ya no quiero vivir.

RENÉ.—*(Se abalanza hacia él. Se contiene.)* Farsante. Usted no ha puesto fin a su vida durante estos días y no lo hará. Usted quiere seguir viviendo... Lo prefiero. Así sufrirá todavía unos años.

ALFREDO.—¿Por qué luchar, ni aquí ni allá? Usted no ha querido entenderme... Siento nuestra pelea; no debí provocarla. *(Descubre su cara y lo mira.)* Quédese al frente de mi fundación. Recordaremos a Sandra... juntos.

RENÉ.—*(Sardónico.)* ¿Todavía? *(Se acerca y baja la voz.)* Yo también soy débil. Le confieso que ésa ha sido mi mayor tentación: quedarme aquí cómodamente y seguir con Sandra para siempre. Pero usted ya no me puede tentar. Siga solo ante su vídeo, páselo mil veces. No verá más que su propio horror.

[ALFREDO.—*(Casi suplicante.)* Eso también nos une...

RENÉ.—No.] Mírese en esa pantalla. Detenida a sus veinte años. *(Irónico.)* ¿El tiempo en sus manos? No se engañe; usted, señor, en manos del tiempo. *(Le vuelve enérgicamente la cara hacia el vídeo.)* ¡Mire! Entonces no sabía lo que iba a hacer de su propia hija; si lo pone en marcha hasta el final, verá que ya está muerta. Es todo lo que sacará interrogando las muecas de su vida: muerte.

ALFREDO.—*(Se levanta agitadísimo.)* ¡Era una loca empeñada en no tomar precauciones! ¡Yo no la he matado!

RENÉ.—¿No? ¿Qué cree que era ese otro loco que acabó con ella?

ALFREDO.—¡No lo sé!

RENÉ.—Sí lo sabe. Un drogadicto. El peligro que usted nunca quiso nombrar. Y en la punta de su navaja estaba usted. *(Con brazalete y corbata negros, JA-VIER llegó en el rincón de la derecha hasta el teléfono y empezó a marcar bajo la fría luz de un foco.)*

ALFREDO.—¡No! *(Exasperado, va hacia la ventana.)*

RENÉ.—*(Pronuncia, implacable.)* Mundifisa. *(Suena el teléfono.* ALFREDO *mira a* RENÉ, *indeciso.)*

ALFREDO.—*(Descuelga.)* Diga.

JAVIER.—Papá, hay noticias. Han detenido al asesino y ha confesado.

ALFREDO.—¿Quién es?

JAVIER.—El nombre es lo de menos. Un chico de diecisiete años. Frenético en aquel momento, claro. Lo que vulgarmente se dice «con el mono». *(Silencio.)* ¿Me oyes?

ALFREDO.—*(Con voz desmayada.)* Sí.

JAVIER.—Tendrá su merecido, descuida. *(Otro silencio.)* ¿Me estás oyendo? ¿Qué te pasa?

ALFREDO.—Nada.

JAVIER.—Me hago cargo. Estás impresionado. Pero debes sobreponerte y volver al despacho. Los dos debemos reaccionar. El golpe ha sido tremendo, ya lo sé... Una espantosa casualidad.

ALFREDO.—¿Casualidad?

JAVIER.—Papá, serénate. Hay que mantenerse firmes cuando el azar nos hiere.

ALFREDO.—¿El azar?

JAVIER.—Pues claro. Y aprenderemos a guardarnos aún mejor de las casualidades adversas. Iré esta tarde a verte. Charlaremos. Daremos un paseo.

ALFREDO.—*(Estalla.)* ¡Saca inmediatamente todo nuestro dinero de esa porquería! *(Se arrepiente en el acto de lo dicho y mira a* RENÉ *de reojo.* RENÉ *lo observa con un rictus desdeñoso.)*

JAVIER.—¿Deliras? En este momento es imposible.

ALFREDO.—*(Modera su tono.)* Hazlo.

JAVIER.—¡Es imposible! Después hablaremos. *(Cuelga y se va. El rincón vuelve a oscurecerse. Ensimismado,* ALFREDO *cuelga.)*

RENÉ.—En efecto, es imposible.

ALFREDO.—¿Qué?

RENÉ.—¿Cree que no imagino de qué hablaban? *(Leve ademán hacia el vídeo.)* Quizá antes, cuando era joven, pudo elegir. Ya no puede. ¡Yo sí puedo! Y me voy. Con las manos vacías. Regreso a mi país, donde estamos intentanto que los ricos no sean cada vez más ricos y los pobres más pobres.

ALFREDO.—*(Sombrío.)* Su país ya está corrompido.

RENÉ.—Puede ser. Pero allá la corrupción nace de la miseria, no de la riqueza. *(Cruza. Se detiene antes de partir.)* No haga otro vídeo de Sandra parecido a ése. Sería inútil, como lo es el suyo. *(Contiene una lágrima.)* No la resucitará... Y tampoco usted revivirá. No hay burlas con el tiempo. *(Sale. Con paso inseguro,* ALFREDO *se dirige a los silloncitos, toma el mando y se sienta ante el vídeo poniendo frenéticamente en marcha el aparato, cuyo lívido resplandor cae sobre la descompuesta fisonomía del financiero. La habitación ingresa en fría sombra. A* ALFREDO *le parece oír entonces la espectral voz de su hija, y detiene el aparato sin apagarlo.)*

SANDRA.—*(Su helada voz.)* Adiós, padre mío. Yo también me voy. Con él y para siempre... Me reúno con él... en nuestra tarde eterna. Adiós... Adiós... Adiós... *(Cuando vuelve el silencio* ALFREDO *torna sus ojos desorbitados hacia el vídeo. El adagio del «Concierto n.° 1» para flauta y orquesta, de Mozart, llega del patio como una caricia musical. La luz matinal vuelve a sosegar el ambiente.* ALFREDO *alza la cabeza y escucha. De repente suelta el mando sobre el silloncito contiguo y se levanta, atento a su ventana. La ventana frontera está abriéndose. Anhelante,* ALFREDO *se precipita a la suya. Con alguna labor de costura en su mano, una mujer está terminando de abrir las hojas. Lleva gafas y, mirando hacia el cielo, respira sonriente los primeros aires veraniegos. Al ir a sentarse junto al alféizar, repara en que* ALFREDO *la está observando. Es la misma señorita que apareciera anteriormente en el recuerdo, pero su aspecto ha variado notablemente. Muy avejentada para su edad, muestra las bolsas del cansancio bajo sus ojos, el rictus endurecido por los años de su boca, el cabello casi blanco y peinado con desaliño. Entre sorprendida y contrariada, se quita las gafas y mira a* ALFREDO *por largos segundos con el entrecejo fruncido.)*

ALFREDO.—*(Aferrado a su alféizar, apenas se le oye.)* Isolina... *(Con brusco ademán y sonoro golpe, la señorita cierra su ventana.* ALFREDO *se vuelve hacia el frente con los ojos bajos y avanza para derrumbarse en un asiento. La música sigue sonando. La luz decrece. En la oscuridad invasora, sólo la ventana cerrada de la mujer marchita se obstina en seguir luciendo bajo el sol de la mañana.)*

TELÓN